千剣の魔術師と呼ばれた剣士

THE SWORDSMAN CALLED THE COUNTLESS SWORDS' SORCERER

「最強の傭兵は禁忌の双子と過去を追う」

「リアナたち死んじゃう……、死んじゃやだあ……」

熱で苦しむ
双子の手を
必死に握りながら、
少女が浅緑色の
瞳をうるませて
訴える。

「我と話がしたいなら――、
まず我に勝ってからということよ！」

千剣の魔術師と呼ばれた剣士

最強の傭兵は禁忌の双子と過去を追う

高光 晶

角川スニーカー文庫

20672

THE SWORDSMAN CALLED
THE COUNTLESS SWORDS' SORCERER

CONTENTS

Presents by
TAKAMITSU AKIRA

ILLUST ● Gilse
COVER & FRONTISPIECE DESIGN ● SAVA DESIGN

CHARACTER

アルディス

無数の剣を自在に操る『剣魔術』の使い手。

そのため周囲からは魔術師と勘違いされているが、実際には剣士である。

冷めた性格に見られがちだが、コーサスの森で双子の少女たちを拾い手元に置くという一面も見せる。

フィリア・リアナ

禁忌とされる双子として生まれたために虐げられて育った少女たち。

アルディスに拾われ、人間らしい生活を送り始めていたのだが──。

デッケン

トリア領軍の小隊長。

ネーレに戦いを挑んで負けた後、執拗に復讐の機会を伺う。

ネーレ

街道に現れた謎の美女。

並み居る戦士たちが挑んでも勝てないほどの強さを誇るが、アルディスと戦った後に従者として仕えるようになる。

港町 トリア

周辺の穀倉地帯と近海貿易で栄える、ナグラス王国第2の都市。

南部に広がるコーサスの森は猛獣や魔物がはびこる秘境の地だが、食糧や薬草をもたらす豊かな森でもある。

白夜《びゃくや》の明星《みょうじょう》

アルディスとよく行動を共にする傭兵チーム。

剣士のテッドをリーダーに、魔術師のオルフェリア、弓士のノーリスの3名で構成されている。

プロローグ

　どの国にも存在しているであろう、ありふれた辺境の村。

　痩《や》せた土地からの限りある実りに頼《たよ》って生き抜《ぬ》く村人たちの暮らしは、決して楽ではない。口減らしのため老人が見捨てられることはしばしばあることだし、支度金《したくきん》という名目のお金と引き換《か》えに小さな子供が売られていくことも珍《めずら》しくはなかった。

　売られていく子供が見捨てられる老人と違《ちが》うのは、それがすなわち死を意味するわけではないということだ。

　多くは街へと連れて行かれ、そこで労働力として使われる。大半は我が身の自由もない暮らしが待っているだろう。だが子供たちには老人と違い未来がある。人生の終わりまで幾《いく》ばくかの猶予《ゆうよ》がある彼らには希望があった。

　まず、少なくとも最低限の衣食住は保証してもらえる。場合によっては長年の働きが認められて雇《やと》い主から解放されたり、奉公《ほうこう》先で頭角を現すこともあるだろう。中にはそういった身代から成り上がり、故郷へ錦《にしき》を飾《かざ》った者もいる。

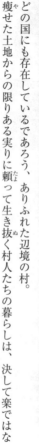

そんな事情もあり、売られていくからといって必ずしもそれが嘆《なげ》くべきことであるとは限らない。子供の親は支度金でしばらく糊口《ここう》をしのぐことができるし、村としても無為《むい》に飢《う》える人間を増やさずにすむ。歓迎《かんげい》するべきことではないが、最悪の事態よりはマシだと考える。

だからこそ子供が村を出発するときには、本人やその家族に対して労《いたわ》りをもって接するのが常であった。それは明文化されたルールではなかったが、誰《だれ》もが心の中に刻みつけていることだった。無力な子供を大人の都合で売ってしまうことへの後ろめたさが、そうさせていたのかもしれない。

「ほら！　早く外に出ろ！」

しかしそれは普通《ふつう》の子供を送り出すときの話である。

「い、痛いよ……」

「やめてよう……」

村長宅の納屋《なや》から無理やり引っ張り出されたふたりの少女が、涙《なみだ》を浮《う》かべながら訴《うった》える。

少女たちに父親はいない。農民だった父親は、約一年前に村を襲《おそ》った獣《けもの》と戦って死んでいる。そして女手ひとつで少女たちを育ててきた母親が、半月前に他界した。

養い手を失った子供の立場は弱い。普通の子供ですらそうなのに、少女たちはよりによって双子《ふたご》である。その身を引き取ろうとする者などいるわけもないし、かばい立てする者もいないだろう。

「このふたりですかね？」

「ああ、いくらになる？」

半月もの間、暗い納屋に押し込められていた双子が、ひさしぶりの陽光に照らされてまぶしがる。その腕《うで》を乱暴につかんでいるのは村長の息子《むすこ》だ。

傍《かたわ》らで会話するのは村長と人買いの商人。商人は値踏《ねぶ》みする目つきで双子を一瞥《いちべつ》すると、不満そうな顔で告げた。

「銀貨五枚ですな」

「ひとりあたりか？」

「ふたり合わせて五枚です」

商人の提示額に村長が目を丸くする。

「それは安すぎる！　去年連れて行った娘《むすめ》のときは金貨二枚だったではないか？」

「あれはちょうどメイド見習いを欲しがっている商家があったからですよ。歳《とし》も十四でしたし。ですがこのふたりは幼すぎます。あと四、五年すればまだ使い道はありますけどね」

汚《きたな》い物を見るような目で少女たちを一瞥すると、商人は顔をしかめる。

「何より双子というのが問題です。どこに持ってってったって買いたたかれるのは分かりきってますから。奴隷《どれい》として売っても、果たしてまともな値で買い手がつくかどうか……」

「しかしふたりで銀貨五枚は……」

それでも納得《なっとく》がいかないといった風に渋《しぶ》る村長へ、商人があきれたような表情で頭をかいた。

「村長。私も慈善《じぜん》事業で来てるわけじゃないんですからね？　ここに来るだけでも護衛やら何やらで結構な金がかかってるんです。銀貨五枚でも元が取れるかどうかわからないのに、これ以上ゴネないでください。不満ならもうこっちから出向いてくるのはやめにしますよ。次はそっちから来るようにしてもらえますか」

「い、いや、それは困る。……わかった、銀貨五枚で構わんから連れて行ってくれ」

一刻も早く厄介払《やっかいばら》いをしたい村長は、しぶしぶと人買いの提示した金額を受け容れる。

こうして双子は人買いの商人へ銀貨五枚で売られていった。

村人たちが総出で見守る中、手足に枷《かせ》をはめられて人買いの馬車へのせられる少女たち。

普段なら売られた子供に向けられる、哀《あわ》れみ混じりのまなざしはどこにも見られない。

村人たちの瞳《ひとみ》に浮かぶのは、嫌悪《けんお》と厭忌《えんき》の感情。そして唾棄《だき》すべき存在を追い出すことに成功した安堵感《あんどかん》だった。

第一章

双子の少女

なぜ魔法《まほう》が使えるのか。そんな疑問を抱《いだ》いた者は過去にもいただろう。

ある者は神の恩寵《おんちょう》と説《と》き、ある者は世界が生まれたときの歪《ゆが》みであると考え、またある者は人の生まれ持った能力であると述べた。

だが誰ひとりとして真理にたどり着いた者はいない。ただ分かっているのは、古《いにしえ》から伝わる詠唱《えいしょう》とそれが生み出す結果のみ。

大きな魔力を有した人間が訓練を積み、特定の手順を踏むことで顕現《けんげん》する強大な力。人々の暮らしを助け、文明を発展させ、そしてなにより戦場で数多《あまた》の命を奪《うば》う力となった。

今もまた、人里離《はな》れた場所でひとりの魔術師がひとつの魔法を行使する。

「猛《たけ》き紅《くれない》は烈炎《れつえん》の軌跡《きせき》に生まれ出《い》でし古竜《こりゅう》の吐息《といき》――喰《く》らえ！　煉獄の炎《フエルノ・レスタ・ガノフ》！」

青いローブに身を包んだ男が紡《つむ》いだ言葉は炎の渦《うず》を呼び起こす。

またたく間に視界全《すべ》てが赤く染まる。それまで種火の気配すらなかった森の中に、灼《しゃく》熱地獄《ねつじごく》と思わんばかりの恐《おそ》ろしい光景が現れた。

「やったか！」

「わからん！　だがあの炎をまともに喰らって無事でいられるはずがない！」

炎がもたらした光景を見ながら、ふたりの男が言葉を交《か》わす。ひとりは炎を呼び出した青いローブの男、もうひとりは厚手のレザーアーマーを着込んだ男だった。

ふたりの目に映っているのは青々と茂《しげ》る森の木々、そしてその中で不自然に作られた黒染めの空間。青ローブの男が生み出した炎によって焼け、黒く染まった幹だけが残る何本もの樹木。ちりちりと残り火がくすぶる空間へ、それらは寂《さみ》しげに立ちつくす。

あれだけの炎に焼かれれば、人間などひとたまりもないだろう。本来なら皮膚《ひふ》の炭化した人間がひとり倒《たお》れているはずだ。しかし小さな公園ほどの焼け跡《あと》に、それらしい影《かげ》は見あたらなかった。

「探せ！」

青ローブの男が声をあげる。

まだ戦いは終わっていない。そう男たちは表情を引き締《し》めると、周囲へ警戒《けいかい》の網《あみ》を張る。油断すれば自分たちこそが狩《か》られる側になることを、男たちも理解しているようだった。

「遅《おそ》い」

つまらない、とでも言いたそうな声がした。

次の瞬間《しゅんかん》、レザーアーマーの男が背後からの襲撃《しゅうげき》を受ける。

男がすぐさま振《ふ》り向き、手に持ったブロードソードでその攻撃《こうげき》を防ぐことに成功したのは、常日頃《つねひごろ》から続けていた鍛錬《たんれん》のたまものであった。考えるより先に動いた剣《けん》が、斬《き》りかかってきた敵の一撃を受け止め、金属同士のぶつかり合う音が森に響《ひび》く。

とっさに相手の攻撃を防いだ男は、敵の姿を視認《しにん》しようとして驚愕《きょうがく》に目をむいた。

男の向けた視線の先、だがそこには――誰もいない。

しかし敵が攻撃してきた証《あかし》――武器となるショートソード――は確かにそこへ存在している。今この瞬間も男の剣を押し込もうと、強い力で圧迫《あっぱく》してくるのだ。

「これが、剣魔術――!」

ターゲットの情報として事前に知らされていたとはいえ、耳にするのと実際にその目で見るのとでは大違いだ。剣が人の手を離れて自由に宙を舞《ま》い、無慈悲《むじひ》に人を殺す。そのような荒唐無稽《こうとうむけい》の話、聞いた人間の大半は与太話《よたばなし》として笑い飛ばすだろう。

男たちもつい先ほどまでは半信半疑であったはずだ。だが今この瞬間、依頼主《いらいぬし》から聞かされたその情報が紛《まご》うことなき真実であることを男たちは理解した。

「くっ、速い!」

ショートソードが宙を舞う。

レザーアーマーの男が息をつく間もゆるさず、右から左からすさまじい速度で剣撃が襲いかかる。男はすぐさま防戦一方となった。

「卑怯者《ひきょうもの》め！　姿を見せろ！」

仲間が苦境に陥《おちい》るのを見て、青ローブの男が叫《さけ》ぶ。

「卑怯？　ふんっ、いきなり炎で焼き殺そうとしてきたあんたらに言われたくはない」

声の主は鼻で笑うとそう言った。

「だがまあ、出てこいって言うのなら出て行ってやろう」

その言葉と同時に、炭化した大木の陰《かげ》からひとりの男が姿を現す。

中肉中背、黒目黒髪《くろかみ》のごくありふれた容姿。その額に一条巻かれたスミレ色の布を除くと、人混《ご》みであっという間に見失ってしまいそうな雰囲気《ふんいき》の少年だった。

身につけているのはやや丈《たけ》の短い藤色《ふじいろ》のローブ。一見して魔術師としか見えない軽装だったが、なぜか腰《こし》のベルトには一振りのブロードソードが下げられている。一方で魔術師が必ずと言っていいほど所持している杖《つえ》の類《たぐ》いは持っていないように見えた。

「ノコノコ出てきやがって！」

青ローブは杖を構えると、すぐさま詠唱に入る。

レザーアーマーの男がショートソードの攻撃を受けている間にケリをつけようという目論見《もくろみ》だろう。剣を魔術で操《あやつ》っている限り、他《ほか》の魔法は使えないと判断してのことだ。

「喰らえ！」

短い詠唱の後に青ローブの男が火球の魔法を放つ。杖で指し示した空間に両手大の燃えさかる火球が出現し、音もなく少年へと飛びかかった。

剣を魔法で制御《せいぎょ》している少年には、それを防ぐための魔法を唱える余裕《よゆう》がない。身をかわそうにも、火球はすさまじい速度で襲いかかる。体術すらろくに習得していない魔術師では、とっさに避《さ》ける術など持ち合わせてもいないだろう。

「もらった！」

勝利を確信した青ローブの男であったが、次の瞬間、信じられないものを見て絶句させられる。

着弾《ちゃくだん》する直前、藤色のローブを着た少年が腕をひと払いしただけで、男の放った火球が掻《か》き消えたのだ。

「な、なんだ？　何をした！」

それは青ローブの男にとってまったく理解しがたいことだった。

今も少年の操るショートソードは仲間の男を巧《たく》みに追い詰《つ》めつつある。逆に言えばショートソードの制御をしている限り他の魔法を使うことなどできないはずだ。にもかかわらず、青ローブの男が放った火球は消えてしまった。いや、消されてしまったのだろう。

「別に大したことはしていないが？」

狼狽《ろうばい》する青ローブとは対照的に、少年はこともなげに言い放つ。

「ま、どうでもいいことか」

つまらなそうにつぶやき少年が視線を向けた瞬間、青ローブの胸を後ろから一本のショートソードが貫《つらぬ》いた。

「あ……、なぜ……？　……かはっ」

青ローブの男が今もショートソードと戦い続ける仲間の方を向き、次に自分の胸から生えたショートソードを見る。肺を満たした血が逆流して口からこぼれ出た。

「に……ほん、め……？」

まさか同時に二本を操れるとは思っていなかったのか、完全に無防備だったその体を貫《かん》通《つう》するショートソードに、驚愕の表情を浮《う》かべたまま青ローブの男は倒れた。

「お、おい！　しっかりしろ！」

仲間の男が声をかけるも返事がない。

青ローブの体から抜《ぬ》け出たショートソードが今度はレザーアーマーの男へと襲《おそ》いかかる。

ショートソード一本ですら守ることで精一杯《せいいっぱい》となっていたのだ。そこへさらにもう一本の剣が加われば、防ぎ続けることなど困難だろう。

「くそっ！」

レザーアーマーの男は瞬時に不利を悟《さと》って身をひるがえした。

仲間を捨てて一目散に逃《に》げの一手。それはこの場合、最も的確な選択《せんたく》といえる。戦いの開始からこの瞬間まで、主導権は少年の手にあった。そこに圧倒的《あっとうてき》な実力差があることをようやく理解したのだ。

だが、すでに気づくのが遅い。

本来ならそれは少年を襲う前に気が付くべきことであり、彼らにとって最善の選択肢《せんたくし》は『少年に敵対しない』ことであったのだ。今さら背を向けたとて見逃《みのが》してもらえるとは限らない。

少年の操る二本のショートソードが、木々の間を縫《ぬ》って男を追いたてる。その様子は必死で逃げる草食動物をつがいで狩りたてる肉食獣《にくしょくじゅう》のようであった。

またたく間に追いついたショートソードが、レザーアーマーの男を背後から襲う。

だがしかし、今にも男の命が掻き消えようかというその瞬間、少年の頭上から不意をついて殺意が降りかかった。

「しょせんは魔術師。懐《ふところ》に潜《もぐ》り込めば――――！」

戦いの前から樹上へひそんでいた仲間の剣士が、タイミングを見計らって襲いかかったのだ。

少年が操る二本のショートソードはレザーアーマーの男を追って離れた場所へ飛んでいる。そしてなによりもろくに護身術すら身につけていない魔術師には、間近から振り下ろされる剣にあらがう術がない。

仲間の魔術師が倒され、もうひとりが窮地《きゅうち》に追い込まれてもなお、絶好のチャンスを窺《うかが》い、息を潜《ひそ》めていた男が乾坤一擲《けんこんいってき》とばかりに刃《やいば》を躍《おど》らせる。

またたきをするほどのわずかな一瞬。

魔術師にはとうてい反応できないであろうと、勝利を確信した男の予想は見事にはずれた。

「それだけ殺気をダダ漏《も》れさせといて、まさか隠《かく》れていたつもりなのか？」

男の目に映ったのは、ブロードソードを抜き頭上からの一撃を防いだ少年の姿。

「い、いつの間に……？」

防がれるとは思ってもいなかった男は、目を見開いて驚《おどろ》きの表情を見せた。うわずった声にもそれが表れている。男には少年がいつ剣を抜いたのかさえわからなかったのだ。

「くっ！　しかしこの距離《きょり》で魔術師に何ができる！　いくら剣魔術の使い手といえど、距離を詰めてしまえばこっちのものだ！」

言い放つや、続けざまに男が剣撃を繰《く》り出す。

しかもただの剣撃ではない。牙刀流免許皆伝《がとうりゅうめんきょかいでん》の腕前《うでまえ》を持つ男のそれは、名のある傭兵《ようへい》たちを幾人《いくにん》も葬《ほうむ》り去ってきた巧みな剣だ。そこいらの剣士にはとてもたどり着けない業《わざ》の太刀筋《たちすじ》。まして素人《しろうと》同然の魔術師などひとたまりもない。

そう、ひとたまりもないはずなのだ。しかし――。

「強い……！」

男の口から思わず言葉がこぼれる。

横から払《はら》い、肩《かた》から斬り落とし、力で押し、連撃を加える。翻弄《ほんろう》するための速撃、惑《まど》わすためのフェイント、修練の果てに習得した牙刀流の奥義《おうぎ》をたたき込む。

それを少年に涼《すず》しい顔でさばかれた。

「何者だ、キサマ！」

逆に男が焦《あせ》りを見せ始める。

剣を交わしてようやく分かった少年の力量、そして自分がおかれた立場と恐怖《きょうふ》。男の全力を軽くいなす少年を前にして、背中へ冷たい汗《あせ》が流れるのを感じていた。

「魔術師《まじゅつし》が……、ここまでの業を持っているなど……！」

攻撃の手が止まった男に向けて、今度はこちらの番とばかりに少年がブロードソードを構える。

「あんたに言っても仕方ないんだけど――」

不機嫌《ふきげん》を隠しきれない表情で少年が口を開いた。

手に持ったブロードソードがかすかにぶれたその刹那《せつな》、男の首が横一文字に斬り裂《さ》かれる。

「俺は一度も魔術師だなんて名乗った覚えがないんだけどな」

もやがかかるように暗くなっていく視界と共に、聞こえてきた少年の声。それが男にと

って人生の最後に聞いた言葉だった。

✕

「おーい、アルディス！　無事か？」

男たちの襲撃《しゅうげき》を退けた少年は、自分を呼ぶ声に反応して振《ふ》り向く。

少年の目に映るのは三人の男女。いずれも少年が手を振り返せば安心した様子を見せる。

「まーた派手に燃やしちまって……」

黒焦《くろこ》げになった森の一部を見回して、先頭に立つ強面《こわもて》の男がぼやきながら近づいてきた。

褐色《かっしょく》の瞳《ひとみ》と焦《こ》げ茶《ちゃ》に近い紫檀《したん》色の髪《かみ》、ガッチリとした骨格とはち切れんばかりの筋肉が、粗暴《そぼう》な印象を与《あた》える。レザーアーマーに身を包み、バスタードソードとラウンドシールドを手にしたその姿は、一見して剣士《けんし》と分かる装《よそお》いだ。

「俺が燃やしたわけじゃない」

「そうよ、テッド。アルディスがこんな頭の悪そうな戦い方するわけないでしょ」

ふてくされたように反論する少年を擁護《ようご》するのは、深緑色のフード付きローブをまとった若い女性だった。手に持っているのは短めのウッドスタッフ。ごく一般《いっぱん》的な魔術師といえよう。頭にかぶったフードの端《はし》からは鮮《あざ》やかな赤毛がのぞき、テッドと呼ばれた剣士に向けられるその目は、やや暗い紅色をしていた。

「なあ、何でいつもオレが悪いみたいな雰囲気《ふんいき》になっちゃうの？」

「さあ。少なくともアルディスとオルフェリアは間違《まちが》ったこと言ってないと思うよ？」

テッドが隣《となり》にいる弓士へと訊《たず》ねると、投げやりな答えが返ってくる。

関《かか》わり合いになりたくないのか、それとも面倒《めんどう》なのか。鋼色《はがねいろ》の髪と目を持つ小柄《こがら》な弓士は肩をすくめてさっさと会話を打ち切った。

つれない態度で話を流されたテッドは周囲の様子を見て、ややため息混じりに口を開く。

「お前の実力なら生け捕《ど》りにすることだって簡単だろうに」

「こいつらは俺の命を狙《ねら》ってきたんだ。返り討《う》ちにして何が悪い」

俺は自分の身を守っただけの話だ、と少年が機嫌を悪くした。

「いや、そりゃそうなんだけどよお」

顔をしかめたテッドにオルフェリアが助け船を出す。

「別にテッドの肩を持つわけじゃないんだけど、ひとりくらい捕らえて背後関係を吐《は》かせた方がよかったんじゃないの？」

「面倒だ。背後がどうだろうと、誰《だれ》の指示で襲ってきたのだろうと関係ない。また襲ってくれば返り討ちにする。それだけの話だろ？」

「あはは。アルディスって、大人しそうな顔してるのに言うことがいつも怖《こわ》いよね」

「そうね。実際返り討ちにするだけの力があるもんだから、余計質《たち》が悪いわ」

乾《かわ》いた笑いを浮かべる小柄な弓士に、オルフェリアがため息をつきながら同意した。

襲撃者の命を奪《うば》ったことについて咎《とが》める者はここに居ない。人の法がおよぶのは街や集落、そして法の番人たる官吏《かんり》の目が届く範囲《はんい》においてである。野獣や魔物がはびこる森の奥深くで法の保護を訴《うった》えるほど馬鹿馬鹿《ばかばか》しいことはない。

ノーリスと呼ばれた弓士が少年に問いかける。

「で、アルディス。相手の心当たりはあるの？」

「わからん。だが剣魔術のことは知っていたな」

「ふーん。まあアルディスの剣魔術も最近は知られてきてるしね。別に隠してるわけじゃないんでしょ？」

アルディスと呼ばれた少年が「まあな」とノーリスへ返す。

そのまま視線を斜《なな》めに向けると思いつく限りの可能性を並べ立てた。

「俺を取り込もうとしてきた貴族に、寝《ね》込みを襲ってきて返り討ちにした空き巣連中。剣魔術を教えろと迫《せま》ってきている魔術師たち。因縁《いんねん》ふっかけてきた教会の坊主《ぼうず》。ねたみ根性《こんじょう》丸出しの傭兵たち。あとは――」

「領軍のお偉方《えらがた》も忌々《いまいま》しく思ってるでしょうね」

オルフェリアが付け足すと、そんなのは初耳とばかりにテッドが聞き返した。

「はあ？　何で領軍がアルディスを？」

「以前領軍の将軍が直々に赴《おもむ》いてきて、軍属の魔術師に剣魔術を手ほどきして欲しいって来たのよ。それをこの子ったら一顧《いっこ》だにせず断ったわ」

オルフェリアの言葉に、アルディスは顔をしかめながら数日前の出来事を思い起こした――。

※

そもそもの発端《ほったん》はアルディスがひとりで請《う》け負った、とある豪商《ごうしょう》の護衛依頼《いらい》である。

商人を護衛している道中でアルディスは領軍と賊《ぞく》の戦いに遭遇《そうぐう》した。もともと討伐《とうばつ》のために領軍が出向いてきたのか、それともたまたまバッタリと出くわしたのかはわからない。

ただ領軍が圧倒的《あっとうてき》に不利な状態であることは確かだった。領軍の人数二十人ほどに対して、賊の人数は少なく見ても五十人以上。いくら正規の領軍とはいえ、二倍以上の敵が相手では勝ち目も薄《うす》いだろう。

アルディスには助力をするつもりも義務もなかったが、自分たちの進む先が戦場になっているのではそうも言っていられない。なまじ近づけば護衛対象に危険が及《およ》ぶし、引き返そうにもすでに賊の一部がこちらへ気づき、囲もうとしていたのだ。

やむを得ず、アルディスは他《ほか》の護衛たちと共に領軍へ助太刀《すけだち》することとなった。人数は圧倒的に不利であったが、アルディスの活躍《かつやく》でほとんど犠牲《ぎせい》を出すことなく無力化し、捕《ほ》縛《ばく》することができた。

失敗だったのは、その場で剣魔術を使ってしまったことだ。

敵の数がこちらより多い上に、包囲された状態。護衛対象の身に迫る危険も排除《はいじょ》しなければならない。豪商の馬車が危ない場面でとっさに剣魔術を使わざるを得なかったのだが、それをどうやら領軍に目撃されていたらしい。しかも彼らの中に領軍所属の魔術師が同行していたというのも間が悪かった。

見たこともないその術を、帰還《きかん》後に魔術師が上へ報告したのだろう。

アルディスが護衛の仕事を終えてトリアへ戻《もど》ると、数人の領軍兵士が宿にやって来た。

「君が奇妙《きみょう》な魔術を使うという傭兵か。先日は部下が世話になったな」

最初、アルディスに話しかけて来たのは中隊長の地位にある男だった。その男は助力への礼とアルディスへの賛辞を口にした後、「その術を領軍の魔術師たちに手ほどきして欲しい」と依頼して来た。

「悪いがその依頼は受けられない」

中隊長の男は特別友好的というわけでもなかったが、少なくともアルディスへの敵意は感じられなかった。だからアルディスも自分の意思を明確に表して、さっさと話を終えようとしたのだ。言い方がややそっけないのは、今さら正しようがない性格というものである。

「そうか、それでは仕方がないな」

対する中隊長もあっさりとしたものである。もしかしたら本人はあまり乗り気ではなかったのかもしれない。

改めてアルディスに礼を言い、立ち去ろうと振り向いた中隊長が突然《とつぜん》足を止める。

「ほう、それが例の魔術師か？　話に聞いていた通り、ずいぶんと若いな」

「し、将軍……！　なぜここに？」

驚《おどろ》きをあらわにする中隊長と向かい合うのは、領軍の制服に身を包んだ初老の男。将軍と呼ばれていることからも、領軍の中でも高い地位にいる人物なのだろう。もしかしたら中隊長の上官なのかもしれない。

「いやなに。この後儂《わし》も半月ほど王都へ行かねばならん。その前にちと変わり種だという魔術師の顔を見ておこうと思ってな」

「しかし、何も将軍自らお出《い》でにならなくても」

「獅子奮迅《ししふんじん》の活躍を見せたとはいえ、どこの馬の骨ともわからぬ傭兵《ようへい》に指導を受けさ《さ》せようというのだ。おそらく魔術師どもの反発も避けられまい。儂自らが足を運んだとなれば、多少は牽制《けんせい》にもなろう」

「あ、いえ……。その話ですが……」

話し辛《づら》そうな中隊長を素通《すどお》りし、将軍と呼ばれた男はアルディスの前に立つと居丈高《いたけだか》に言い放った。

「しかし魔術師《まじゅつし》への指導が役目とはいえ、一時的に領軍へ所属することになる。よって最低限の新兵訓練は受けてもらうぞ」

アルディスが顔を若干《じゃっかん》ゆがめる。

「領軍に所属する間、こやつが貴様の上官となる。以後はこやつの指示に従え」

そう言って将軍は中隊長を指さす。

まるでこちらの意向など知ったことではないとばかりに勝手なことを口にする将軍へ、アルディスは改めて自分の意思を伝えた。

「だから魔術を教える気はないと言っているんだが。まして領軍に入るつもりなんてさらさらない」

一瞬《いっしゅん》あっけにとられた将軍が、すぐさま我《われ》に返る。

「……なんだと？　今、何と言った？」

「魔術の指導は断る、と言っているんだ」

「なぜだ？」

何を言っているのかわからない、という顔で将軍が問い質《ただ》した。

「なぜ、って……。興味がない。義理もなければ、利もない。第一あの術は教えたところで習得できるものじゃない」

そもそもアルディスがそれを望んだわけでもないのだ。勝手にやって来て、一方的に領軍への入隊を前提として話をされるなど、まったくもって不本意きわまりないことであった。

確かにアルディスの力は他の傭兵たちと比べても大きなものだ。その力が領軍に加われば大幅《おおはば》な戦力強化につながるだろう。近接戦闘《せんとう》に弱い魔術師たちが剣魔術を習得できれば、領軍にとっても得るものは多い。

だがおそらく一番の理由はそれではあるまい。人数差が歴然だったとはいえ、野盗《やとう》に正規軍が負けかけたなどと話が広まれば、トリア領軍の名は地に落ちる。アルディスを取り込むことで賊の討伐を領軍の手柄に変えつつ、面目《めんぼく》を保とうとでも考えたのかもしれない。

「領軍だぞ？　明日《あす》の食い扶持《ぶち》にすら事欠く貴様らが、なろうと思ってなれるものではないのだぞ？　特例として入隊させてやるというのに、いったい何が不満だ！」

「だから軍の兵士にはなるつもりがないと――」

「傭兵風情《ふぜい》が、我が領軍への誘《さそ》いを断ると言うのか！」

一向になびく様子のないアルディスの言葉を遮《さえぎ》って、将軍が声を荒立《あらだ》てる。

「そう言っている。どうしてもと言うなら、月契約《けいやく》だったら構わないぞ。報酬《ほうしゅう》は月に金貨五百枚」

「ふ、ふざけるな！」

顔を真っ赤にして将軍が激怒《げきど》する。それも当然だろう。通常兵士たちの給金は月に金貨一枚から三枚程度。アルディスの提示した金額はふっかけるにしても桁《けた》が多すぎる。しかも月契約ということは、傭兵として雇用契約《こようけいやく》を結ぶのと何ら変わりがないのだ。

今にもつかみかからんという雰囲気の将軍をなだめたのは、最初に勧誘《かんゆう》をして来た中隊長だった。

「将軍。ここは街中です。住民の目もありますから、どうか穏便《おんびん》に」

「ぐぬぅ……」

怒《いか》り治まらぬ様子の将軍だったが、さすがに衆人環視《しゅうじんかんし》の中で感情のまま動くわけにはいかないと理性が働いたのだろう。

「貴様！　この先領軍に入る機会はもうないと思え！」

アルディスに向けて捨てゼリフを吐くと、肩《かた》を怒らせながら宿を出て行った。

※

――結局アルディスにとっては疲《つか》れただけで何ら得るものもなかった。だがそれまで善し悪《あ》しどちらにも振《ふ》れていなかった領軍との関係が、明らかに悪い方へと傾《かたむ》いた出来事であることは確かだ。

　どうやらその一部始終をオルフェリアに見られていたらしい。

「どうせ剣《けん》魔《ま》術《じゅつ》は魔術師に習得できるものじゃない。お互《たが》いに無《む》駄《だ》な時間を費《つい》やすだけだ。そんな時間があるのなら、ベッドで寝てた方が有意義というものだろう？」

　当の本人はぶっきらぼうに言い放つ。

「それにしても断り方ってものがあるでしょう！　あんなそっけない断り方したら角が立つに決まってるじゃない！」

　なにやってんだよ、とテッドが少年へ責めるような視線を送る。

「衆目の中であれだけ恥《はじ》をかかされれば、恨《うら》みを買ってもおかしくないわ。まあ、だからといってさすがにあれだけで刺《し》客《かく》を送りつけてはこないでしょうけど……」

「あはは。相変わらずアルディスって敵だらけだよね」

「笑い事じゃねえぞ、ノーリス。ゴロツキや賊はともかくとして、貴族や教会、領軍は相手が悪い。アルディスもむやみやたらと敵を増やすんじゃねえ。お前の強さがバケモノじみてるのは知ってるが、どうにも危なっかしいんだよ」

「わかってるよ、テッド。あんたらには世話になってるし、迷《めい》惑《わく》かけるつもりはない。貴族や教会相手には大人しくしておくさ」

そんなアルディスの言葉に、テッドたちは口をそろえて言う。

「自重できない方へ銅貨三枚」

「じゃあ、私は自重するつもりがない方へ銅貨五枚賭《か》けるわ」

「あはは。自重なんて思ってもいない方へ銀貨一枚」

賭けすらも不成立になってしまう始末。

「……」

アルディスの『大人しくする』はまったくもって信用されていない様子だった。

「それじゃ、今日のところは街へ戻るか。アルディス、回収は済んだか？　夜が拡がる前には森を出たい」

「ああ、もう終わってる。ろくな物は持ってなかったがな」

「じゃあ、燃やしちゃうわよ？」

「頼《たの》む。俺は向こうの男を燃やしてくる」

アルディスたちは敵の遺体を燃やし終えると、森から街道《かいどう》に出て急ぎ街へと足を向けた。


ロブレス大陸中央に位置するカノービス山脈の南東部。東からの海風香《かお》る港町トリアがアルディスたちの住む街である。

周辺には豊かな穀倉地帯を抱《かか》え、森の恵《めぐ》みと近海貿易で栄えるトリアはナグラス王国第二の都市だ。トリア南部に広がるコーサスの森は都市に燃料と食糧《しょくりょう》、そして薬草をもたらし、古くから街の発展を支えてきた。

もちろん通常は人の手がおよばぬ地であり、野生の猛獣《もうじゅう》、さらには魔物はびこる秘境の地でもある。しかしながら森の深部で手に入る数々の恵みは人間にとって非常に魅力《みりょく》的な物だ。命の危険を承知の上で森へ入っていく者は多い。

ときおり大商人たちが手を組んで大がかりな探索《たんさく》を行うこともあるが、通常は小回りのきく数人の傭兵でパーティを組み、森に入るのが一般《いっぱん》的である。商人たちからの依頼《いらい》を受け、森で薬草や希少価値のある植物を入手するというのが、平時の傭兵にとって貴重な収入源になる。

傭兵と言っても年がら年中戦ってばかりいるわけではない。そもそも常に戦いの場があるわけではないのだ。

剣の腕《うで》を買ってもらえないなら、必然的に何かで収入を得て糊口《ここう》をしのがなくてはならない。旅の護衛、手紙の配達、未開地の調査、獣《けもの》の駆除《くじょ》、危険な場所での採取活動、そういった仕事を受け入れられない者たちはやがて野盗や山賊《さんぞく》と化し、傭兵に狩《か》られる側となる。

今回アルディスたちが受けた仕事は木材伐採地《ばっさいち》の事前調査である。新しい伐採地を開拓《かいたく》するために、木材商人たちの連名で出された依頼だった。

「で、今回調査した場所はどうだったんだ？」

他人事《ひとごと》のようにアルディスが訊《たず》ねる。

「悪くはないわ。街道までの距離《きょり》も短いし、道を整備さえすれば問題はなさそうね。木の質も良さそうだったから、木材商としては多少投資をしても確保しておこうとするんじゃないかしら」

「『双剣獣《そうけんじゅう》』の巣がいくつかあったから、事前に掃討《そうとう》する必要があると思うけどね」

ノーリスが補足する。

「へぇ」

「まあ、それはそれでオレたちにしてみりゃ飯のタネになるからな。つーか、お前はもちっと当事者意識持てねえのかよ？」

どこまでも熱の入らないアルディスにテッドが不満をこぼした。

「いや、実際俺は臨時で参加してるだけだしな。『白夜《びゃくや》の明星《みょうじょう》』として受けた依頼なんだからある意味他人事だろ？」

そんな返答にテッドが表情をゆがめる。代わって会話を引き継《つ》いだのはオルフェリアだった。

「ねえ、アルディス。前から言ってたけど、私たちのパーティに入らない？」

「俺がか？」

「そうよ。なんだかんだ言って、こうしてしょっちゅう組んでるわけだし、もうほとんど『白夜の明星』の一員みたいなものじゃない」

「パーティ……ねえ。…………まあ考えとく」

アルディスの煮《に》え切らない態度に、オルフェリアがその理由を追求する。

「……まだ諦《あきら》めてないの？　昔の仲間を探すこと？」

「まだ一年しか探してない」

「一年もかけて、手がかりひとつないんでしょう？　その……、気を悪くしないで欲しいんだけど……。さすがにもう……」

「たった一年だ。もともとそう簡単に手がかりがつかめるとは思ってない」

どことなく不機嫌《ふきげん》そうなアルディスの声。口では強がっていても、やはり焦燥《しょうそう》は隠《かく》しきれない。

「でもそれだけ経《た》っても――」

さらに踏《ふ》み込もうとしていたオルフェリアの言葉が途切《とぎ》れる。

「聞こえたか？」

すぐさまアルディスがノーリスと目を交《か》わす。

「うん、誰《だれ》か襲《おそ》われてるね」

目を閉じて意識を集中させたアルディスの耳に、救いを求める人間の声が聞こえてくる。同時に聞こえてくるのは馬のいななきと断末魔の悲鳴。方角はアルディスたちが進む先の街道。このまま進むと鉢合《はちあ》わせすることは間違《まちが》いない。

「テッド、どうする？」

アルディスが強面《こわもて》男の判断を仰《あお》ぐ。『白夜の明星』のリーダーは彼だからだ。

「当然助ける」

「どっちを？」

「見てから決める！」

そう宣言するなり、テッドは全力で駆《か》けだした。

「あはは。まったく、いかつい顔してお節介《せっかい》なんだから」

「本当。厄介《やっかい》事に首を突《つ》っ込むあの性格は何とかならないのかしら」

強面の見た目によらず、困っている人間に手を差し伸《の》べずにはいられない。そんなパーティリーダーに文句を言いながらも、ふたりはとことんつきあうのだろう。

「しょうがねえな」

ボヤキながらも、アルディスは腰《こし》から抜《ぬ》いた二本のショートソードを放《ほう》り投げ、宙に浮《う》いたそれらを従えてテッドの後を追いかけた。

テッドたちがその場にたどり着いた時、すでに周囲はむせかえるような血の匂《にお》いにあふれていた。

「野盗《やとう》だな」

アルディスが口にするまでもなく、状況《じょうきょう》は見て取れた。

街道には二台の馬車。その周囲を取り囲むようにして武装した小汚《こぎたな》い格好の男たちがざっと二十人前後。馬車のそばには血を流して倒《たお》れこんでいる傭兵《ようへい》らしき人影《ひとかげ》が見える。

アルディスたちが到着《とうちゃく》した時にはすでに勝敗がついていた。馬車の持ち主は行商人だろうか。すでに物言わぬ骸《むくろ》となった人型のどれが持ち主なのかもはや知る術《すべ》はない。

「ちっ、間に合わなかったか！」

テッドが舌打ちする。

見たところ全員野盗にとどめを刺《さ》された後らしい。もはやこうなってはアルディスたちが介入する意味はないのだが、野盗に姿をさらしてしまった以上、「ではさよなら」というわけにもいかないだろう。

戦闘《せんとう》後の興奮状態にあった野盗たちは、アルディスたちの姿を見るなり問答無用で矢を射かけてきた。

「くそっ！　今さら関係ありません、っつっても聞いちゃくれねえんだろうな！」

「そりゃそうでしょうね！　護衛の残りか、横取り目的の野盗としか思われてないんじゃないの？」

射かけられる矢を剣で払《はら》いながら叫《さけ》ぶテッドと、冷静に分析《ぶんせき》するオルフェリア。その脇《わき》ではノーリスが淡々《たんたん》と敵に向かって矢を放ち応戦していた。

「アルディス、しっかり守ってよ。僕、弓で射るのは好きだけど、射貫《いぬ》かれるのは好きじゃないんだ」

「そりゃ誰だって嫌《いや》だろうよ」

くだらない冗談《じょうだん》にあきれたような表情で応《こた》え、アルディスはノーリスの前面へ二本のショートソードを浮かべて矢を切り払う。

宙に浮いたショートソードは、飛んでくる矢を防ぐのに最適な防具だった。剣の持ち手が射貫かれる心配はないし、ノーリスの視界を塞《ふさ》いでしまう心配もないからだ。

野盗たちから連続して矢が飛んでくる。幸いなことに弓や矢の質が悪いのか、それとも射手の腕が悪いのか、ほとんどの矢は見当違いの場所へ突き刺さった。五本に一本ほど、ノーリスやアルディスに向かってくる矢があるが、それらは全《すべ》て宙に浮いた剣によってたたき落とされる。

そんな矢の射かけあいがしばらく続いた。

野盗の矢は数こそ多いものの一本もアルディスたちに命中しない。逆にノーリスが放つ矢は確実に野盗の数を減らしている。

弓矢による攻撃《こうげき》が効果を出さないことにしびれを切らしたのだろう。こちらの前衛がテッドひとりと見て、野盗たちは全員で接近戦を挑《いど》んできた。

「あのゴツイ剣士を抑《おさ》えちまえば、あとは魔術師《まじゅつし》と弓士だ！　押し込め！」

野盗の頭《かしら》らしき男が仲間をあおる。ノーリスに射貫かれて動かなくなった数名をのぞき、全員が剣を抜いて頭の声に応える。

「だから魔術師じゃないってのに……」

そんなアルディスのつぶやきは当然野盗たちに届かない。

飛んでくる矢を防ぐ必要がなくなったアルディスは、突進《とっしん》してくる野盗たちに向けて二本のショートソードを放つ。

その瞬間《しゅんかん》、攻守が逆転した。

持ち手のいない二本の剣は、野盗たちの死角からするりと音もなく忍《しの》び寄る。

アルディスの操《あやつ》る一本が最後尾《さいこうび》の野盗を後ろから突き刺す。最後尾を走り、全く後ろを警戒《けいかい》していなかった野盗は、何が起こったのか分からないまま大量の血を流しながら地面に倒れこんだ。

もう一本は地面に倒れこんだ野盗の上を通りすぎると、アルディスたちに向かって駆けている野盗の首を瞬時に掻《か》き切る。さらに隣《となり》を並んでいた野盗の脇腹から心臓を貫《つらぬ》いた。あるはずのない後方からの奇襲《きしゅう》。しかも生命の気配すら感じさせない無機物による殺戮《さつりく》が繰《く》り広げられる。

次々とアルディスの飛剣で命を絶たれていく野盗たちは、何が起こったのかも理解できないまま、足をもつれさせ、地に倒れ伏《ふ》していった。

やがて先頭を走る頭らしき野盗がテッドに斬《き》りかかって声を張り上げたとき――。

「野郎《やろう》ども！　コイツを俺が抑えている間に残りを片付けろ！　女は生け捕《ど》りにしろよ！」

――その声に応える者はひとりとして残っていなかった。

「なあ、おっさん」

テッドの目に哀《あわ》れむような色が浮かぶ。

「言っとくけど、お前最後のひとりだから」

その言葉が理解できず、野盗の頭は訝《いぶか》しげに周囲を見回す。

「なっ……！」

野盗の目に映ったのは血だまりに沈《しず》み込む仲間の体。もはや立っているのが自分だけということにようやく気づき慌《あわ》てふためいた。

「ば、馬鹿《ばか》な！　そんなことが……！」

「運が悪かったな」

そんな言葉と共に、テッドの剣が野盗の頭に振《ふ》り下ろされた。


野盗を全員片付けた後、アルディスたちは生存者を手分けして探していた。

「あちゃあ、全滅《ぜんめつ》だねこれは」

ノーリスの言う通りだ。馬車の御者《ぎょしゃ》、護衛の傭兵、雇《やと》い主と思われる商人らしき男。全員がすでに息絶えていた。

「どうする？　馬もやられちゃってるみたいだし、背負えるだけ持って帰る？」

「馬車を置いて行くのはもったいねえが、そうするしかねえだろうな。嵩張《かさば》るものは諦めるしかねえだろう」

「じゃあ、僕とアルディスは向こうの馬車を見るから、テッドたちはそっち見てくれる？」

「わかった」

二手に分かれて馬車の荷物を調べるため、ノーリスとアルディスは比較的被害《ひかくてきひがい》が少ない方の馬車へと近づいていく。

馬車二台分ともなると、おそらく荷物も結構な量になるはずである。持ち主の商人がどんな品を扱《あつか》っていたかは知らないが、四人で抱《かか》えられる量などたかが知れている。

「宝石とか香辛料《こうしんりょう》だったらいいんだけどね」

ノーリスが勝手な願望を口にした。

確かに同じ重さや大きさでも、品によってその価値は雲泥《うんでい》の差がある。ノーリスの言う通り宝石や香辛料ならば四人が背負うだけの量でも相当な値で売れるだろう。

ノーリスが馬車の後部から近づき幌《ほろ》に手をかけた。ゆっくりと幌をめくって中をのぞくと一瞬体を硬直《こうちょく》させ、次いで顔を片手で覆《おお》うなり「あちゃー」と言いながら天を仰いだ。

「どうした、ノーリス？」

何事かとアルディスが後ろからのぞき込む。

「へ？」

そこでアルディスの目に映ったのは、商品が入っていると思《おぼ》しきタルやカゴの数々、そしてその傍《かたわ》らで身をすくめて怯《おび》えているふたりの少女だった。

「アルディス。ちょっとテッドたち呼んでくるから、ここで待っててくれる？」

「あー、……了解《りょうかい》」

それはつまりこのふたりが変なことをしないように見張っていろということだろう。

アルディスはもう一台の馬車へ駆けていくノーリスから視線を外し、ふたりの女の子を観察する。

年の頃《ころ》は九つか十くらい。見るからに粗末《そまつ》な貫頭衣《かんとうい》で身を包み、アルディスのことが怖《こわ》いのか、互《たが》いに身を寄せ合って震《ふる》えていた。その目には明らかな警戒と怯えの色が見える。よく見ればふたりの容姿はそっくりだった。年の近い姉妹《しまい》なのかもしれないが、おそらくは双子《ふたご》だろう。

アルディスはふたりが商人の身内ではないかと最初は推測するも、すぐにその考えを振り払った。商人の身内にしては着ている服があまりにみすぼらしい上、その痩《や》せこけた頬《ほお》を見れば食事も十分に与《あた》えられていないことが容易に想像できたからだ。

「子供がいるって？」

ノーリスに連れられて直《す》ぐにテッドとオルフェリアがやって来た。

ふたりは馬車の幌をめくって中をのぞくなり、「うわ、マジかよ……」「困ったわねえ……」とそれぞれ眉《まゆ》を寄せた。

頭を抱える三人にアルディスが問いかける。

「どうするんだ、あいつら？　街まで連れて行くにしても、歩いてもらわなきゃならんが……」

「待て待て、ちょっと考え中だ。はあ……、物人《ものびと》はいいとしても、よりにもよって双子かよ」

テッドが頭を抱えながらため息をつく。

「物人？」

「そうだ。手足のところ見てみろ。腕輪《うでわ》と足輪があるだろう。あの造形は物人の円環《えんかん》だ」

テッドの言う通り、ふたりの少女は四肢《しし》に同じ造形の円環を装着している。だがアルディスが浮《う》かべた疑問はそれについてではない。

「物人ってなんだ？」

「はあ？」

テッドだけでなく、オルフェリアもノーリスも信じられないものを見るような目をアルディスに向ける。

「お前、それ本気で言ってるのか？」

「あはは、やっぱりアルディスって変わってるよね」

「んー、世間知らずだとは思っていたけれど……、正直ここまでとは思わなかったわ」

三人からのひどい言われように、さすがのアルディスも不機嫌《ふきげん》さを隠《かく》しきれない。

「で、結局物人ってのは何なんだよ？」

ついつい言葉にトゲが出てしまうのは仕方ないことだろう。

「ゴメンゴメン。怒《おこ》らないでよ。ちゃんと説明するからさ」

ノーリスがあわてでなだめる。

「先に言っとくけど、あんまり気分のいいものじゃないよ？」

無言で頷《うなず》くアルディスを見て、ノーリスが話し始める。

「物人っていうのは金銭で売買される人間のことさ。何て言ったらいいんだろうね……、商人が扱う時の商品名みたいなものかな。親に売られた子供とか、罪を犯《おか》した人間とか、戦争時の捕虜《ほりよ》なんかが物人として売買される。物人は財産も持てないし、移動の自由もない。人として法の保護も受けられない。なんせモノだからね」

「奴隷《どれい》みたいなものか？」

「まあ、近いかな。ただ奴隷の方が少しはマシだろうね。最下層とはいえ奴隷という身分を持っているわけだし、一応人間として扱ってもらえる。もちろん主人の命令には従わないといけないし、社会的な権利はほとんど持っていない。でも主人の方針次第《しだい》では財産を持つことも許されているし、家庭を持つこともできる」

「物人は違《ちが》うのか？」

「物人は人間として扱われないんだ。奴隷を殺せば殺人になるけど、物人は殺しても器物破損扱い止まり。奴隷を虐待《ぎやくたい》すれば悪評が立つけど、物人に傷をつけても食事を与えなくても、それは商品の管理が悪いという評価を受けるだけ。おおっぴらには誰《だれ》も非難できないんだ。あの子たちはまだ服を着せてもらっているだけマシな扱いだよ」

「……」

テッドが説明を引き継《つ》ぐ。

「買い手が付けばその時点で奴隷身分になって、晴れて物人ではなくなるってえわけだ。奴隷になりゃあ、主人が許す範囲《はんい》で人間としての扱いを受けられるようになる。そりゃあ奴隷だって決して幸せとは言えんだろうが、物人に比べればまだいい方だろう。だがあいつらの場合は双子だからなあ……」

「双子だと問題があるのか？」

「なんだ？　それも知らねえのか？　物人も忌《い》み子も知らねえなんて、お前どんな田舎《いなか》で育ったんだ？」

「知るかよ。俺がいた所じゃあ、物人なんてのも双子がどうとかっていうのも聞いたことがない」

「ねえ、アルディス。あなたこの国で双子を見かけたことある？」

唐突《とうとつ》にオルフェリアが横から問いかける。

「双子を……？」

アルディスは記憶《きおく》を掘《ほ》り起こす。この国に来てから一年間の記憶を。

「そう言われてみると、双子を目にしたことはないな。……でもたまたまだろう？　双子なんてそうポンポン生まれるものでもないだろうし」

「そりゃあ、人口百人くらいの田舎ならいないかもしれないけど。トリアくらい大きな都市で全く見かけないのはおかしいと思わなかったの？」

「……」

「双子ってね、忌み子なのよ。女神《めがみ》に仇《あだ》なす邪神《じゃしん》の使徒と言われているわ」

女神、と聞いた途端《とたん》にアルディスの目に殺気が宿る。

「おいおい、あんまり怖い顔すんなよ。お前ホント女神のこと嫌《きら》いなんだな」

一瞬《いっしゅん》で変わったアルディスの様子に、ためらいながらもテッドが言葉をかける。

「周りにオレたちしかいねえからいいけど、街中では気をつけろよ」

「あ、ああ……すまん」

「特に教会関係者に見られたら事だよ？　教会に目をつけられてるのも、神父の前で女神を批判するようなこと言ったからなんでしょ？」

「ノーリスの言う通りよ。あなたは女神になにか思うところがあるのかもしれないけれど、白昼堂々と批判するのはやめた方がいいわ」

「わかった……、心しておく」

オルフェリアはアルディスの返事を聞き、安堵《あんど》の息をつくと忌み子のいわれについて話し始めた。

「かつての神界戦争において、最後まで女神を苦しめたのが邪神グレイス。その邪神の尖《せん》兵《へい》として女神を苦しめ、唯一《ゆいいつ》傷を負わせたのが双子の悪魔《あくま》だったらしいわ」

双子の悪魔、と聞いた瞬間にアルディスの拳《こぶし》が強く握《にぎ》りしめられる。

「教会にしてみれば、女神を傷つけた悪魔に連なるものとして、双子は生まれながらに許されざる罪を背負っているそうよ」

「オルフェリアは……、その話を信じるのか？」

絞《しぼ》り出すような声でアルディスが問う。

「真実かどうかなんてわからないわ。はるか神話の時代に起こった出来事を、見聞きした人間なんてどこにもいないのだから。ただ……」

「ただ？」

「双子が生きて行くのにこの世界は厳しすぎる、それは事実よ」

「実際、双子ってだけで生まれてすぐに処分されるなんてのはよくあることだ。地域によっちゃあ片方だけ残して育てるってところもあるらしいがな。周囲からは蔑《さげす》んだ目で見られ、教会で祝福も受けられず、病気になっても医者は治療《ちりよう》してくれねえ。当然まともな仕事にもつけねえ。当の本人たちよりも、親の方が先にまいっちまう場合もあるらしい。大方あいつらもそのクチだろう。親を亡《な》くしたか、それとも売られたか……」

テッドの目にはかすかな憐憫《れんびん》の情が浮かんでいた。

「どっちにしてもほとんどの双子は子供の頃に死んじまう。運良く生きのびられても、行き着く先は物人か良くて奴隷。そうでなけりゃ無法者になるしかねえ」

よくある話だ、とテッドは言葉を締《し》めくくった。


その晩、アルディスたちは街道《かいどう》から少し離《はな》れた窪地《くぼち》で火をおこし、一晩を明かすことにした。幸い馬車の中に薪《まき》や道具が積んであったため、予定外の野営にも困ることはない。

空を見上げればすでに夜は拡がり始めている。

火を囲むのはアルディス、テッド、オルフェリア、ノーリスの四人。そしてかすかに明かりが届くところへ肩《かた》を寄せ合いうずくまるふたりの物人。

「結局連れてきたのか……」

テッドが物人とアルディスを交互《こうご》に見てため息をついた。

「置いて行くわけにもいかないだろう」

眉をひそめて言うアルディスに、ばつが悪そうな顔でテッドが応《こた》える。

「そりゃ確かに置き去りにするのは寝覚《ねざ》めが悪いが……、双子だしなあ。普通《ふつう》の物人ならトリアで売っちまえばいいけど、双子じゃ買い手なんてつかねえだろうし……」

「買い手がつかないとどうなるんだ？」

アルディスの問いに珍《めずら》しく口ごもったテッドは、不機嫌そうに言った。

「売れない商品は……廃棄《はいき》処分だろうな」

「殺すのか？」

「……殺しはしないだろうが、……まあ似たようなもんか。間違いなく言えるのはろくなことにはならん、ということだけだ」

「例えばどんな？」

追求するアルディスに、横からオルフェリアが口を挟《はさ》んだ。

「聞かない方がいいわ。気持ちのいいものじゃないもの」

腑《ふ》に落ちないといった顔のアルディスをよそに、ノーリスがテッドに向けて言う。

「で、結局連れて行くの？　正直足手まといじゃない？　子供ってだけでも面倒《めんどう》なのに、物人だから歩くのも不自由だし。トリアまで連れて行ってもどうせ二束三文でしょ？」

それはもちろんテッドも分かっていることだろう。

子供の物人でしかも双子。売れたとしても得られる金は微々《びび》たるものらしい。だったら商品の衣服でも持ち帰った方がよほど利益になる。実際、ノーリスの言うように足手まといであることは確かだ。

「食糧《しょくりょう》や水を持たせて、自分たちだけでトリアまで行ってもらったら？」

だがさすがにノーリスが主張するほど冷徹《れいてつ》になれるわけではないようだった。テッドが苦虫をかみつぶしたような顔で無言をつらぬく。

テッドにもオルフェリアにもおそらく少女たちを哀《あわ》れむ気持ちはあるのだろう。双子《ふたご》でさえなければ当然のようにトリアまで連れて行ったのかもしれない。

「あのふたりは俺が連れて行く」

テッドの頭を掻《か》いていた手が、オルフェリアの眉間《みけん》を揉《も》んでいた指が、新たに薪をくべようとしていたノーリスの手が、アルディスの言葉によって凍《こお》りついたように止まる。

「あのなあ、アルディス――」

「馬車から得た商品の分け前は放棄する。遅《おく》れの原因になるようなら俺が担《かつ》いでいく。それで文句はないだろう？」

テッドの言葉を途中《とちゅう》でさえぎり、アルディスが言った。

「それで、お前に何のメリットがある？　見ず知らずの物人、しかも双子だ。連れて行ってもろくな金にはならねえ。そもそも街に入れてもらえるかどうかも分からねえぞ？」

「メリットはない。ただオルフェリアが言っていたことが本当なら――」

自分があのふたりを見捨てるのは無責任に過ぎる、と心の内でつぶやいた。

目を閉じて沈黙《ちんもく》するアルディスにオルフェリアが問う。

「本当なら？」

「いや、何でもない。ただのきまぐれだ」

言葉を濁《にご》したアルディスに、テッドは諦《あきら》め口調で言った。

「わかったよ、好きにしろ。オレだって好き好んであいつらを見捨てたいと思ってるわけじゃねえ」

「悪いな、テッド」

「だけど街まで連れて行ったとしても、テッドの言う通り入れてもらえるかわからないわよ？」

「その時は夜にこっそり忍《しの》び込む」

「あはは。やっぱりアルディスって面白《おもしろ》いね！　じゃあ、その時は僕も手伝ってあげるよ！」

愉快《ゆかい》そうに笑うノーリスとは対照的に、テッドとオルフェリアはあきれ顔を隠《かく》そうともしない。

双子はアルディスたちの話にも全く反応せず、互《たが》いを抱《だ》きしめ合って様子を窺《うかが》うばかりだった。やがて空の半分以上に夜が拡《ひろ》がった頃《ころ》、さすがに張りつめていた気持ちも疲《つか》れにはあらがえなかったのか、ふたりそろって静かに寝息を立て始めた。

翌朝、野営の後片付けをしたアルディスたち。

「夜までには街へ入りたいんだがなあ」

テッドの視線は双子に向いている。

強面《こわもて》の大男に睨《にら》まれて――本人は睨んでいるつもりなどないのだが――まだ幼い少女たちが顔を強ばらせた。

もともと歩幅《ほはば》の小さな少女たちだが、それ以上に問題なのが手足につけられた『物人であることを表す円環《えんかん》』だ。手と足に左右それぞれつけられた円環は、互いに短い鎖《くさり》でつながれている。逃走《とうそう》防止や持ち主への反抗《はんこう》防止という意味でも、物人たちは手足の自由を奪《うば》われているのだ。

必然的に歩幅は小さくなり、ただでさえ遅《おそ》い歩みをさらに遅れさせることとなる。

「つっても、あのなりじゃあオレらの足についてくるのは無理だよな」

暗にアルディスへふたりを背負えと、テッドが目で伝えてくる。

「可能な限り自分の足で歩いてもらうつもりだ」

「だからあんな足枷《あしかせ》つけたままでどうやって――」

「外す」

大したことではないといった風にアルディスが口にした言葉で、一瞬三人があっけにとられる。

「あのね、アルディス。そんな簡単に外せるなら物人はみんな今頃逃《に》げてるわよ？　物人を逃がさないための円環なんだからね……、って聞いてないわね」

オルフェリアが止める間もなく、アルディスは双子に近寄っていく。

少女たちは相変わらず怯《おび》えているが、かといって逃げ出すでもなく、ただ体を寄せ合っているだけだ。逃げたくても逃げられない自分たちの立場を身に染《し》みて知っているのだろう。今はアルディスたちの視線から逃《のが》れるように、顔をうつむかせるのが精一杯《せいいっぱい》という感じだ。

アルディスは改めてふたりの容姿を観察する。細い手足と瘦《や》せこけた頰《ほお》。短く切られたプラチナブロンドの髪《かみ》は、薄汚《うすよご》れてくすんだ色に見えた。やや青みがかった浅緑色の瞳《ひとみ》が、様子を窺うようにアルディスを見ている。

「そこに座って」

冷たいアルディスの言葉に、怯えながらも素直《すなお》に従う双子。

年端《としは》も行かない少女たちが疑問を口にするでもなく、反抗するでもなく、唯々諾々《いいだくだく》と言われたままに従うというその事実が、彼女らのおかれていたこれまでの状況《じょうきょう》を物語る。

表情に出さず、それでも心を痛めながら、アルディスは少女たちの手足にはめられた円環をつぶさに観察する。

（破壊《はかい》するのは容易《たやす》い。しかし当然それは想定済みか……。仕組みはそこまで複雑じゃな

いが、……ああ、なるほど、確かに普通は解除できないな）

「どうなの？　外せそう？」

魔術師の端《はし》くれとして、純粋《じゅんすい》に興味が湧《わ》いたのだろう。オルフェリアが後ろからのぞき込んできた。

「手足全《すべ》ての円環が連動してる。どれかひとつでも外すと、残りが発火する仕組みだな」

発火と言えば大したことがないように聞こえるが、実際には手足が炭化するほどの高温だ。なまじ致命傷《ちめいしょう》で無い分よけいに質《たち》が悪かった。

「安全に解除するつもりなら、四つ全てを同時に解除する必要がある」

「四人の魔術師《まじゅっし》が必要ってことかしら？」

「いや、単純に四人いればいいというわけでもない。解除にあてる魔力の質が異なればどう調整したところでタイミングにズレが起こる。千回も繰《く》り返せば一度や二度、偶然《ぐうぜん》タイミングが合うこともあるかもしれないが、狙《ねら》ってやるのは無理だろう」

それでは実質的に解除は無理と言っているのも同然である。

「結局解除できないってことでしょ？」

「そうでもない。『魔力の質が異なる』というのが問題なら、一人で四つの円環を同時に解除すればいいだけの話だ」

「できるわけないでしょ、そんなこと。ようするに一人で同時に四つの解除魔法を唱えろっていうことじゃない。そんなの王国でも指折りの魔術師にだって無理よ！」

（そりゃそうだろう。普通の魔術師には、な）

しかめっ面《つら》のオルフェリアを放置して、アルディスは少女に足を抱《かか》えるようにして座らせる。

手足の円環がひとところに集まったところで手をかざした。

（式の解析《かいせき》……トラップ解除……発動合わせて……今！）

カチリ、と小気味よい音を立てて少女の手足から四つの円環が外れる。

「へ？」

オルフェリアが間抜《まぬ》けな声をもらした。

「え？　ちょ、ちょっと待って！　アルディス？　今何したの？　何で円環が外れてるのよ！」

「オルフェリア、うるさい。次はお前だな、同じように足を抱えて座れ」

女魔術師の動揺《どうよう》にも我関《われかん》せず、アルディスはもうひとりの少女も座らせて円環を解除する。

円環を外された双子は、拘束《こうそく》するもののなくなった手首をしきりにさすり、不思議そうな目で自分の手首とアルディスを交互に見ていた。

「心配すんな。もうあんな物、つけさせはしない」

安心させようとアルディスは口にするが、すぐに双子は距離《きょり》を取って互いに身を寄せ合った。

「ま、そうそう簡単に懐《なつ》いてくれるわけもないか」

独り言をつぶやくアルディスの横では『白夜の明星』のメンバーが勝手にアルディスを評していた。

「お前、ホント何でもありだな」

「あはは、やっぱりアルディスって面白いよね！　見てて退屈《たいくつ》しないや！」

約一名、執拗《しつよう》に食い下がる赤毛の魔術師をのぞいては。

「ちょっと！　アルディス！　今のどういうこと？　ちゃんと説明してよ、ねえ！」

魔術師のオルフェリアにとって、アルディスがやったことは「すごいな」ですませられることではないらしい。

納得《なっとく》できる説明を聞くまでは逃がさないとばかりに、アルディスの両肩《りょうかた》をがっしり捕《と》らえ、その体を前後にゆすっていた。

「わかった！　ちゃんと説明するから、やめろ！」

知識欲というものは魔術師という人種にとって、正気を失わせるに値《あたい》するものらしい。

「別に特別なことをしたわけじゃない。四つ同時に解除しただけだ」

「それのどこが『特別じゃない』のよ！　イレギュラーにもほどがあるでしょ！　四つ同

時に解除魔法なんて使えるわけないわ！　第一、あなた詠唱《えいしょう》もしてなかったじゃない！」

　そこがアルディスと他《ほか》の魔術師を大きく隔《へだ》てる認識《にんしき》の差であった。

　アルディスに言わせれば他の魔術師が使っている魔法は、厳密に言うと魔法ではない。

　そもそもアルディスは魔法を使っている意識がないのだ。

「魔法を使うのに詠唱が必要だなんて誰《だれ》が決めたんだ？」

「え？　そりゃ、魔法を学ぶときにそう教えられるし……」

「俺に言わせりゃ、そんなのは魔術師たちの勝手な思い込みだ」

「でも……、詠唱がなければどうやって魔法を使うっていうのよ？」

「剣士《けんし》が剣を振《ふ》るうのに、いちいち『袈裟《けさ》懸《が》けからの脳天突《づ》き』とか『左薙ぎのフェイント』とか言葉を口に出すか？」

「魔力を使う魔法と自分の体を動かす剣術は全然違《ちが》うでしょ」

「そうか？　じゃあ聞くが、自分の体を動かす時はどうするんだ？」

「それは……、動かそうと思えばそれで動くじゃない」

「じゃあ、『動かそう』と思った時、どういう仕組みで体が『思った通りに動く』のか説明できるか？」

「それは……」

　思いもよらなかった問題提起にオルフェリアが口ごもる。

「ふうん、面白《おもしれ》え」

考え込んでしまったオルフェリアの代わりにテッドが口を挟《はさ》んできた。

「オレも剣士の端くれだから、今の話はちょっと考えさせられるな。自分の体が自分の意思で動かせることに疑問を抱《いだ》いているやつなんて、オレを含《ふく》めてほとんどいやしねえだろう。確かに言われてみりゃあ、体が動くなんて当たり前にしか思ってなかったが、『どうして動く？』って言われても、『そういうもんだ』としか答えようがねえもんな」

「そういうこと。自分で動けない樹木や岩石から見れば、俺たち人間が動き回ってるのなんか摩訶不思議《まかふしぎ》な妖術《ようじゅつ》に感じられるんじゃないか？　もっとも、樹木や岩石に自我があればの話だけど」

「つまり」

と、それまで聞きに徹《てっ》していたノーリスが言う。

「アルディスにとって無詠唱で魔法を使うのは、僕らが走ったり跳《は》ねたりするのと同じくらい自然なことなんだ？」

「まあ、おおざっぱに言うとそんなところだな」

「無詠唱だから同時に魔法を四つ使うことも簡単、と？」

「簡単とは言わないが、可能だ」

「あはは。やっぱりアルディスと一緒《いっしょ》にいると退屈しないや！　テッド、これは是《ぜ》が非《ひ》でも『白夜の明星』に入ってもらわないと！　こんな規格外なの、よそに取られるのはもったいないよ！」

「言われなくてもわかってる。アルディス、昨日も言ったが『白夜の明星』に入ること、本気で考えてくれ。お前がその気ならオレたちは大歓迎《だいかんげい》だからな」

「ああ、考えとくよ」

「あと、ノーリス、オルフェリア。このことは他言無用だぞ。またアルディスが余計なもめ事を引き寄せかねんからな」

「ん、わかった」

「……わかったわ。というか言ったところで正気を疑われるだけだと思うし」

「よし、じゃあさっさとトリアへ向かうぞ。アルディスは双子《ふたご》の面倒《めんどう》きっちり見とけよ」

そうしてアルディスたちはトリアの街へ戻《もど》るべく、双子を連れて街道《かいどう》を北東へ向け歩き始めた。

「あー、夜が出てきちまったな。閉門までに間に合えばいいんだが」

テッドが黒く拡がりつつある空を見上げてぼやいた。

野営の後片付けをして双子の円環を取りはらったのは、早朝の夜が薄くなり始めたころ。それから一行はトリアへ向かって街道を歩いてきたのだが、予想通り幼い双子が足枷となった。

いくら手足が自由になったとはいえ、大人の、それも強靭《きょうじん》な足腰《あしこし》を持つ傭兵《ようへい》たちの歩みについて来られるわけがない。合間合間で双子をアルディスが担《かつ》いで遅《おく》れを取りもどすが、それでも当初の予定より大幅《おおはば》に遅れが発生していた。

「見えてきたわ」

フードに隠《かく》れた顔から汗《あせ》のしずくをこぼしながら、オルフェリアが言った。

「ようやく着いたか」

テッドもホッと息をつく。遅れを取りもどすために午後からは休憩《きゅうけい》の回数を減らし、少々無理をしながら歩いて来たのだ。

その甲斐《かい》あって、何とか門限までにトリアへたどり着くことができた。

それからさらに三十分。

アルディスたちがたどり着いた時には、門番たちが閉門の準備をしている真っ最中だった。

「ほら、早くしろよ」

門番たちも早く仕事を終えて帰りたいのだろう。アルディスたちを急《せ》かして、通行証をおざなりに確認する。

だがそれはアルディスたちに限っての話だった。門番は双子を目にとめるや否《いな》や、急に表情を硬《かた》くして高圧的な態度に変わる。

「おい、お前たちは双子か？」

双子には馬車の積み荷から子供用の衣服をふたり分抜き取って着せている。物人であることを示す円環《えんかん》はアルディスが取り外し、ふたりが物人であることを記述した書類もすでに燃やした。多少汚《よご》れが目立ちはするものの、今の双子はただの一般人《いっぱん》である。

ところが門番にしてみれば、物人であるかないかなど何の関係もないらしい。汚《きたな》らしいものを見るような目で幼い少女たちを睨《にら》みつけ威圧《いあつ》する。

「何とか言わんか！」

「まあまあ、門番さん。あれでもオレたちにとって護衛対象なんでね。あんまりきついこと言わんでもらえんかね？」

テッドがとっさに機転《き》を利かせて門番をなだめようとする。

「しかしだな、女神《めがみ》様に仇《あだ》なす双子などを――」

「今日もお勤め大変でしたねえ。さぞやお疲《つか》れでしょう。これ、少ないですが帰りに一杯《いっぱい》引っかけてくださいよ」

反対側からノーリスが門番の手に銀貨を握《にぎ》らせる。

「う、ううむ……、まあ仕方ない。くれぐれも問題など起こさんようにな！」

そう言うと、門番はアルディスたちへ向けて追い払《はら》うように手を振る。

そそくさと門を通り抜け、大通りに入ったところでノーリスが手のひらを上に向けて差し出してきた。

「アルディス」

ノーリスの言わんとするところを察して、アルディスは自分の財布《さいふ》から銀貨を取り出し、その手に載《の》せる。

「双子を連れて歩くってことはああいうことだからね。変に抵抗《ていこう》して騒《さわ》ぎを起こしたらまた敵を増やすことになるよ？　まあ、それはそれで面白《おもしろ》そうだけど」

「ああ、助かったよ。テッドもすまなかったな」

「いいってことよ。じゃあ、オレらは木材商のところへ報告にいくから、ここでな」

「アルディス。……その、……色々言いたいことはあるけど、女手が必要になったら遠慮《えんりょ》せず声かけてね。できる限りのことはするから」

「ああ、じゃあな」

テッドたちが立ち去り、大通りに残されたのはアルディスと双子の少女たち。

すでに夜は空の大半に拡がり、道行く人もまばらだが、行く人行く人みな双子を見ては顔をしかめていく。中には「穢《けが》れた双子を目に入れてしまいました。女神様、お許しを」

と道端《みちばた》で懺悔《ざんげ》をし始める者すらいた。そんな周囲の反応に苛立《いらだ》ちを感じながら、アルディスは双子を促《うなが》して宿への道を歩き始めた。

アルディスの常宿は大通りに面した出入りの便がいい場所にある。トリアにある宿の中では中規模の大きさであるものの、相場よりやや安い部屋代と食事の量が多いことで多くの客をつかんでいた。傭兵たちの間では料理の味がいまいちとの評判だったが、味にこだわりがないアルディスにとって大した問題ではない。

双子の分、部屋代や食事代はかさんでしまうだろう。だが幸いにしてアルディスはお金に困っていない。延々と養い続けるわけにはいかないが、引き取り手が見つかるまでは面倒を見るつもりであった。

とりあえずはさっさと睡眠《すいみん》を取りたい。ここ数日、野営が続いてあまり眠《ねむ》れていないのだ。双子には適当な食事を与《あた》えて、ベッドに潜《もぐ》り込もう。これからのことは一眠りしてから考えればいい、そう思っていた。

宿屋の女将《おかみ》から退去を言い渡《わた》されるまでは——。

「出て行っておくれ」

四日前、宿を出発するときまで愛想《あいそ》が良かった女将は、アルディスが双子を連れて帰って来るなり迷惑《めいわく》そうな表情を隠しもせず言った。

「どういうことだ？　これまで宿代の支払いを遅らせたことはないし、代金はいつも前払いしている。突然《とつぜん》出て行けはひどいだろう」

それまでとは百八十度変わった女将の応対に、アルディスは眉《まゆ》を寄せて問い質《ただ》す。

「それはこっちのセリフだよ。それ、双子だろう？」

女将はアルディスの後ろに立つ双子をあごでしゃくりながら言う。

「だからなんだ？　ふたり分の代金も追加で支払うと言っている」

「代金の問題じゃないんだよ。双子が泊《と》まってるなんて知れたらこっちは商売あがったりだよ！　あんたうちに恨《うら》みでもあるのかい！」

もはや話が通じる状態ではなかった。

周囲の泊まり客から向けられる視線にも、忌々《いまいま》しそうな感情が込められている。女神の教えとやらは、信者をして双子の存在をこうも忌《い》み嫌《きら》わせるらしい。

宿を引き払うか、それとも双子をどこかに捨ててくるかを迫《せま》られたアルディスの選択《せんたく》は決まっている。仕方なく荷物をまとめて宿を後にした。

すでに空は夜が一面に拡《ひろ》がっている。いくら街中といえど幼い子供ふたりをかかえてうろつくわけにもいかない。アルディスは双子を連れて周辺の宿を片《かた》っ端《ぱし》から訪ね歩くが、どこへ行っても双子を忌諱《きき》されまともに取り合ってもらえなかった。

（まさかここまでとは……）

人々の双子に向ける嫌悪感《けんおかん》が想像していたよりもずっとひどいことに、アルディスの気持ちが沈《しず》む。だがオルフェリアの話を聞いてしまった以上、双子を見捨てることなど彼にはできなかった。

やがて双子を泊めてくれる宿を探すうちに、アルディスたちはほとんど裏通りと言ってもおかしくない場所に行き着く。表通りからずいぶんと離《はな》れ、宿が建ち並ぶ通りの華《はな》やかさからほど遠いそこは、街灯の明かりもほとんどなく寂《さび》れた雰囲気《ふんいき》を感じさせた。

「ちょっとそこのお兄さん！　そう、あなた！」

歓楽街《かんらくがい》の賑《にぎ》わいとは無縁《むえん》の通りで、突然女性の声がかかる。

アルディスは一度ゆっくりとあたりを見回した後、その声が自分にかけられたものだとようやく気づいた。

声をかけてきたのは二十代半ばの女性だった。鳶色《とびいろ》の髪《かみ》を結《ゆ》わえ、その上から三角巾《さんかくきん》をかぶっている。細身ですらりとした体型の、見るからに快活そうな印象を与える外見。着ているワンピースは華美《かび》なものではなかったが、清潔感にあふれていた。

「もしかして今夜泊まる宿を探してるんじゃない？」

「……どうしてそう思う？」

「そりゃ、こんな時間にこんな場所をうろついてりゃね。日中ならともかく夜にこの辺をうろつく人なんてほとんどいないし、泊まる宿が決まってるんならとっくに宿に戻ってる時間じゃない」

　このあたりは貧しい民家ばかりで、歓楽街のように夜開いている店はない。加えてアルディスのように荷物一式を持ち歩いていれば、行くあてを求めてさまよっているのだろうと容易に推測できる。そう女は言った。

「うちはすぐそこで宿屋をやっててね。今なら空き部屋があるからすぐに入れるよ。どうだい？」

　髪色と同じ瞳《ひとみ》を向けながら女が売り込んでくる。宿を探し回っていたアルディスにとっては渡りに船と言うべきだろう。

　だが――。

「泊めてくれるのはありがたいが、こいつらが一緒《いっしょ》でもかまわないのか？」

　そう言ってアルディスは後ろをついてきていた双子へと視線を向ける。

「別に子供が一緒だって――」

　言いかけて女が言葉を失う。

　アルディスの視線を追い、双子をその目に捉《とら》えた瞬間《しゅんかん》、沈黙《ちんもく》の魔法《まほう》にかかったかのように口をパクパクと開閉させて絶句した。

「…………もしかして双子？」

「そうだ。こいつらが一緒でも泊めてくれるのか？」

「え、あ、うー……」

それまでのシャキシャキした口調とはうって変わって、意味をなさない音を口から吐《は》き出しながら、女が頭を抱《かか》え始める。

だがこれまでの宿屋と違《ちが》い、即答《そくとう》で断られるようなことはなかった。よほど客が少なくて困っているのだろう。女の中で双子《ふたご》を泊めたくないという思いと、それでも部屋を埋《う》めたいという思いがせめぎ合っているに違いない。

「うーん……、お兄さんって傭兵さん？」

「まあな」

「その子たちも傭兵なの？」

「いや、違う」

それからしばらく頭を抱えていた女は、自分を納得《なっとく》させるように大きく頷《うなず》くと、アルディスに向けて交渉《こうしょう》を始めた。

「条件があるんだけど、それをのんでくれるなら泊めてもいいわ」

泊めてもいい、と途端《とたん》に恩着せがましくなったのは、やはり双子の扱《あつか》いがひどい世界ならではだろう。

「条件？」

「そう。まず双子であることは誰《だれ》にも言わないこと。双子を泊めてるなんてことが分かったらお客が寄りつかなくなるわ。次に、その子たちを同時に部屋から出さないこと。同時にふたりを見られさえしなければ、双子かどうかなんて他《ほか》のお客には分からないから」

アルディスはふたつの条件を頭の中で反芻《はんすう》する。

ひとつ目の条件は特別問題ない。どのみち双子の存在を言いふらしたいわけではないのだ。

問題はふたつ目の条件だが、許容できる範囲《はんい》だろう。仕事に連れ出すつもりなど元からなく、双子が自分から外に出たがるとも思えなかった。

ここに来るまでふたりとも全く口を開かなかったが、アルディスの言うことには素直《すなお》に従うし、物人の円環という枷《かせ》がなくなった今でも逃《に》げ出す気配は全く見られない。

確認《かくにん》だが、と切り出してアルディスが女に訊《たず》ねる。

「食事や体を拭《ふ》く湯は部屋に持ってきてもらえるのか？」

「構わないわよ。手間賃はいただくけど」

「俺は仕事柄《しごとがら》、何日も宿に戻《もど》らないことがある。その際にこの子たちの世話を頼《たの》んでもいいか？」

「うーん……、別料金になるけどいい？」

「それは構わない。部屋代と食事代はいくらだ？」

「普通《ふつう》は三人部屋の部屋代が銀貨一枚。食事が一食小銅貨五枚だけど……。こっちもリスク背負うんだから部屋代は銀貨二枚もらうわよ」

完全に足もとを見た値段設定だったが、元値を正直に明かすところへアルディスは好感を持った。

もともと荒《あら》くれ者が多い傭兵《ようへい》を泊めてくれる宿自体が少ないのだ。他にあてもない以上、割高だろうがなんだろうが、実はアルディスに選択の余地などない。

「ベッドは三つも必要ない。ふたり部屋で十分だ。食事は朝晩三人分。この子たちには昼も合わせて三食だ」

「それなら部屋代は銀貨一枚と銅貨四枚でいいわ。食事代と合わせて一日あたり銀貨一枚と銅貨が……八枚ね。お湯は桶一杯《おけいっぱい》で一回ごとに銅貨一枚。食事を運ぶ手間賃は小銅貨五枚。留守の時の世話は……世話と言っても時々見に行くくらいしかできないから銅貨一枚ってところでどう？」

「それでいい。とりあえず十日ほど頼む」

アルディスひとりの時は一日銅貨六枚ですんでいたものが、一気に銀貨二枚近くまでふくれあがってしまった。

（それくらいで干上《ひあ》がるほど懐《ふところ》が寒いわけじゃないが……）

女の強気な金額設定に多少の不満は抱《いだ》きつつも、一応は身を落ち着ける場所が確保できたことにホッとする。アルディスもさっさと温かいベッドに潜り込んで、寝《ね》てしまいたかった。

「決まりね。じゃあ、こっちについて来て。正面入り口から入ると他のお客に見られるし、裏口に案内するわ」

アルディスは気が付かなかったが、どうやら女が声をかけてきたのはほぼ宿の真ん前と言っていい場所だったらしい。

パッと見たところちょっと大きめの民家にしか見えない入り口には、確かに『止まり木亭』と小さな看板が掛《か》かっていた。女に声をかけられなければ、間違いなく気づかず通りすぎていただろう。

女の案内でアルディスたちは人目を避《さ》け宿の裏口に回る。

裏手に回るとなおさら民家にしか見えない建物に勝手口から入り、そのままふたり部屋へと通される。

「本当はカウンターで手続きしてもらうんだけどね」

「気を遣《つか》わせて悪いな」

「良いのよ、お客さんなんだし。それに……」

双子に視線を移して女が口ごもる。

「なんだ？」

「その子たち、うちが泊めてあげないと他の宿じゃあ――」

「ああ、もう何軒《なんげん》も断られてる」

でしょうね、と女がため息をつく。

「女神《めがみ》様の熱心な信者も多いから、表立って助けてあげられないの。ごめんね。けど、その子たちだって温かいベッドで眠るくらいのことは……」

「気にするな。泊めてもらえるだけでも十分だ」

部屋で受け付けをすませ、十日分の部屋代と食事代を前払《まえばら》いしたアルディスは、さっそく夕食を部屋へと運んでもらう。

「あ、そうそう。私、カシハっていうの。この宿は私と父さんふたりでやってるのよ。父さんにはあなたたちのこともちゃんと話しておくから、明日にでも顔見せておいてね」

そう言って部屋を出て行った。

部屋に残されたのはアルディスと双子、そして三人分の食事。

双子は部屋へ入るなり、すみで身を寄せてこちらを窺っている。アルディスをまだ警戒《けいかい》しているのだろう。

「温かいうちに食えよ」

双子へぶっきらぼうに告げると、アルディスはイスに座って食事を始めた。

アルディスはフォークで鳥肉のソテーを突《つ》き刺《さ》し、美味《うま》いとも不味《まず》いとも言わず黙々と口に運んでいく。五分もせずに食べ終わるが、困ったことに双子は食事へ全く手をつけないでいる。

それどころかテーブルに近づく気配すら見えず、アルディスが食べている間もずっと部屋のすみでうずくまったまま、こちらの様子を窺うだけだった。

「食べないのか？」

アルディスが声をかけても反応はない。視線はこちらを向いているし、声も聞こえているように見える。だがふたりから言葉の返ってきた例《ため》しがないのだ。

「俺はもう寝るからな」

移動に加え、宿探しで余分に疲《つか》れたアルディスは、早々にベッドへと潜《もぐ》り込んで眠《ねむ》り始めた。


翌日、アルディスはいつもより遅《おそ》めに目を覚ます。

寝ぼけまなこで隣《となり》のベッドを見るが、そこに人影《ひとかげ》はない。あくびをこぼしながら部屋を見渡《みわた》せば、昨日と同じ部屋のすみに双子の姿があった。

相変わらず身を寄せ合っているが、その目は閉じられている。まだ眠りから覚めていないらしく、呼吸に合わせてかすかに体が揺《ゆ》れていた。

昨日手をつけていなかった食事は、いつの間にかきれいに平らげられている。

「食べたか……」

アルディスが眠ったあとで食べたのだろう。スープの器《うつわ》も舐《な》め取られたかのようにきれいだった。腹がすいていたのは間違いない。

それでもアルディスの前で食事に手を出さなかったのは、まだ警戒を解いていないということだろう。これまで双子が受けてきた扱いの酷《ひど》さがそうさせているのかもしれない。

アルディスは顔を洗うついでに一階へ下りて宿の主人へあいさつすると、朝食をカシハから受け取って部屋へ戻る。

その間に双子も目を覚ましていた。ただ昨日と同じく部屋のすみにうずくまり、近づいてこようとはしなかった。

「ほら、朝飯だ。食うだろ？」

声をかけるがやはり返事はなく、アルディスが食事を始めても双子は手をつけようとしなかった。アルディスが食事を終える頃《ころ》になってもその様子は変わらない。

結局アルディスが部屋から出るまで食べようとしなかった。アルディスが部屋にいると双子は食事もできないようだ。

無理やり双子との距離《きょり》を縮めるのはやめた方が良さそうだと判断し、アルディスはテッドたちとの待ち合わせに使う酒場へと足を運んだ。

「おおー、アルディス！　こっちだ！」

酒場に入るなり、待ち構えていたようにテッドが手招きする。テーブルにはオルフェリアとノーリスの姿もあった。

「あいつらはどうした？」

席に着くと、テッドはアルディスの後ろにいない双子のことを聞いてきた。

「宿に残してある」

「大丈夫《だいじょうぶ》か？　宿から何か言われねえか？」

「もう言われたよ。というか前の宿はさっそく追い出された」

やっぱり、と三人の表情が曇《くも》る。

ただでさえ傭兵というのは肩身《かたみ》が狭《せま》い。傭兵と言えば聞こえはいいが、結局のところ定職に就《つ》けないあぶれ者と見る者は多く、社会的な地位は低い。ならず者より多少はマシというところであった。

そんな鼻つまみどもをわざわざ招き入れてくれるような宿は少ない。トリアは大きな都市だからまだいいが、地方の小さな町に行くと泊《と》まる宿がないということも珍《めずら》しくないのだ。

「それでも何とか泊めてくれる宿は見つかったよ」

ぼったくり価格だったけどな、とアルディスは不満顔だ。

「泊めてくれるところがあるだけ良かったじゃない。心配してたのよ」

「ま、それはいいんだけど、どうにも警戒されてしまって」

苦笑いしながらアルディスが状況《じょうきょう》を説明していく。

「ずっと部屋のすみでうずくまって近寄ろうとしない。こちらの問いかけには答えない。夕食にも俺がいる前では手を出さず、俺が寝た後に食べてたみたいだ。まるで拾ってきたノラ猫《ねこ》だな」

「宿に置いてきて大丈夫なの？」

「一応宿の人に様子を見るよう頼んである。昨日も逃げ出す機会はたくさんあったのに部屋から離《はな》れないってことは、単にまだ俺が警戒されてるだけの話なんだろう」

「それなら心配するほどじゃねえな。あいつらの境遇《きょうぐう》を考えりゃ、いきなり懐《なつ》くわけもないだろうしよ。しばらく同じねぐらで寝食《しんしょく》を共にすりゃあ、だんだん警戒心も薄《うす》れるだろうさ」

この話はここまで、とばかりにテッドがまとめる。

「じゃあ、仕事の話をするか。ノーリス、さっきの話をもう一度アルディスに説明してやってくれるか？」

「だから後でまとめて話した方がいいって言ったのに……。二度手間じゃないのさ」

悪い悪い、とテッドが笑ってごまかす。

そんな彼にノーリスは苦情を言って、朝一番に受けてきた依頼《いらい》の話を始める。

「今回受けたのはね、また調査なんだ」

「なんだ？　今度は重鉄《じゅうてつ》でも探しに行くのか？」

アルディスが軽く笑う。

傭兵《ようへい》とはいっても、平和な世の中ではこんなものだ。前回のように調査途中《とちゅう》で自衛のため戦いになることはあるが、基本的に何でも屋扱《あつか》いというのが実情である。

「いや、今回は土地の調査だね。道の広さとか、水源、指定された土地の水はけや地質、その他もろもろ」

調査する場所は複数だったが、いずれもコーサスの森を抜《ぬ》けてさらに南へ進んだ丘陵《きゅうりょう》地《ち》、隣国《りんごく》との国境まで歩いて一日から二日程度の距離にあった。

「へえ……、ちなみに依頼主は？」

「表向きはとある商会だけど……」

「だけど？」

「たぶん後ろにいるのは国だろうね」

「どう思う、アルディス？」

横からテッドが問いかける。

「駐留《ちゅうりゅう》根拠地《こんきょち》、物資集積地の事前調査ってところだろうな」

「やっぱりそう思うか？」

アルディスの推論にテッドも同意する。

「じゃあ、帝国《ていこく》との戦争が近いっていうあの噂《うわさ》、本当なのかしら？」

不安そうにオルフェリアが言った。

「どうだろ？　重鉄の相場も落ち着いてるし、それはないんじゃないのか？　念のために調べておこうってことだろう」

「ただわからねえのは、どうしてわざわざトリアの商会から依頼を出すんだ？　王都の方が近いだろうに」

テッドはアルディスの考えに頷《うなず》きながらも、トリアに依頼が来ていることを不審《ふしん》がる。

「できるだけ目立たないよう、秘密《ひみつ》裏に進めたいのかもな。領主や軍からの依頼じゃなく、商会からの依頼にしてあるのもカムフラージュのためだろう。依頼内容もどうせ入植地の事前調査とかになってるんじゃないか？」

「アルディスの言う通りだよ。開拓《かいたく》事業の前準備とか言ってたね」

「そういうことか。もしかしたら王都でも、同じような依頼が出てるのかもしれねえな」

納得顔《なっとくがお》でテッドが頷く。

「報酬《ほうしゅう》額がいいのも、裏に国がいるからなんだろうね。最低保証額が金貨二十枚。調査報告の歩合《ぶあい》が金貨三十枚だってさ。どうするアルディス？」

そうだな……、と短い時間思案したアルディスが言う。

「悪いが今回は辞退させてもらう。帝国との国境近くまで行ってたんじゃあ、かなりの日数宿を空けることになるからな。しばらくは毎日宿に戻《もど》りたい」

理由を問う声はなかった。双子《ふたご》の面倒《めんどう》を見るためだと誰《だれ》もが理解していたからだ。

野営だと眠りが足りないから、という心の声はアルディス以外に届くわけもない。

「それじゃしょうがねえな。日帰りの仕事んときは声かけるからよ」

「悪いな、テッド」

テッドたちと別れたアルディスは、酒場を離れてひとりで街の外へと繰《く》り出した。

「日帰りだと……コーサスの森は厳しいな。仕方ない、そこらで狩《か》りでもするか」

目の前に広がる草原をひと眺《なが》めして、アルディスはつぶやきながら足を踏《ふ》み出した。

生まれた時からふたりはいつも一緒《いっしょ》だった。

気が付けば側《そば》にいて、同じものを見、同じものを食べ、同じ時間を当たり前のように過ごしていた。

自分たちが普通《ふつう》じゃないと理解したのは、家を抜け出して外へ遊びに出たときだ。両親からは絶対にダメと言われていたが、窓から見える外の景色に好奇心《こうきしん》を抑《おさ》えられなくなって、母親の目を盗《ぬす》み飛び出した。

そこで初めて自分たちが『双子』という存在だと知った。同時に忌《い》み嫌《きら》われる存在だということも。

村人から向けられる唾棄《だき》と嫌悪《けんお》の視線。ぶつけられる悪意の言葉。そして投げつけられる石つぶて。

傷心のまま逃《に》げ帰った家で母親にそのことを話すと、強く抱《だ》きしめられた。てっきり言いつけを破ったことで叱《しか》られるとばかり思っていたふたりは、常ならぬ母親の様子に戸惑《とまど》うばかりだった。ただ泣きながら「ごめんね」と繰り返す母親のか細い声が、心を痛いほど突《つ》き刺《さ》したことだけは今でも忘れられない。

それからふたりは家の外へ出ることがなくなった。外への興味はあるが、村人が自分たちへ向ける悪意には恐怖《きょうふ》しか覚えなかったし、何より母親が悲しむことをしたくないという気持ちが大きかった。

いつもお腹《なか》をすかせてはいたものの、優《やさ》しい両親と四人での温かく平穏《へいおん》な日常がしばらく続いた。

それが崩《くず》れたのは、村を襲《おそ》った獣《けもの》に父親が殺されてからだ。

たった一体とはいえ、戦いを本業とするわけでもない農民にとっては恐《おそ》るべき相手だろう。結局父親を含《ふく》めて、数人の村人が犠牲《ぎせい》になったらしい。

大黒柱が抜けた家を、必死に支えようとした母親が倒《たお》れたのはそれから半年後。それまで夫婦《ふうふ》ふたりで何とか食べていたのを、女手ひとつでどうにかできるわけもない。無理がたたって体を壊《こわ》し、床《とこ》に臥《ふ》せってから息を引き取るまで三月ともたなかった。

それから幼いふたりにとっての辛《つら》い日々がはじまった。

死んだ母親の側で悲しみに暮れるふたりは無理やり村人に連れ出され、狭い納屋《なや》に押し込められる。母親の死と、村人たちへの恐怖に泣くことしかできない双子へ与《あた》えられるのは一日一回の粗末《そまつ》な食事だけ。自分たち以外、何ひとつ頼《たよ》るものもない暗闇《くらやみ》の中で、互《たが》いの体を寄せ合ってただただ怯《おび》える日々。それが終わりを告げたのは、母親が死んでから半月後のことだった。

納屋から連れ出され、まぶしさに目を細めるふたりは手足に枷《かせ》をはめられ、馬車の荷台に押し込まれる。周囲を囲む村人たちの、汚《けが》らわしいものを見るような視線がふたりの脳裏に焼き付いた。

どうやら自分たちは村を追い出されたらしい。幼いふたりであったが、そう結論付けることは簡単だった。

だが、現実はもっと残酷《ざんこく》だ。馬車の中に閉じこめられたまま何日も揺《ゆ》られ、たどり着いた先の街で他《ほか》の人間に引き渡《わた》される。

相手は替《か》わっても双子の扱いは変わらない。粗末な布だけをかぶせられ、寝床《ねどこ》とはとても言えない硬《かた》い床《ゆか》へ放《ほう》り出される。食事は硬くて不味《まず》いパンがひとつ。それをふたりで分け合うも、育ち盛《ざか》りの体がそれで満足してくれるわけもない。あまりの空腹から目についた食べ物へ手を出すと、激昂《げきこう》した大人たちに殴《なぐ》られ蹴《け》られ、気を失うまで苦しさから逃《のが》れられなかった。

どうしてこんなことになったのか。幼いふたりにはその答えを出せるほどの知識はなかった。ただ分かっていたのは、大人たちに逆らいさえしなければ殴られることもほとんどないし、わずかとはいえ食べ物がもらえるということ。それが自分たちの生きる唯一《ゆいいつ》の方法だと本能的に理解した。

帰りたい。でも帰る場所なんてない。

両親に会いたい。けどもうふたりはどこにもいない。

双子に残されたのは隣《となり》にいるもうひとりの温《ぬく》もりだけ。大事なのも、苦しみを理解してくれるのももはや唯一となった互いの存在だけだった。

泣きわめけば怒鳴《どな》られる。だから泣かない。

口答えすれば殴られる。だから口を閉《と》ざす。

感情的になればわずかなパンすら与えてもらえなくなる。だからじっと大人しくする。

心を押し込め、口をつぐみ、必死で涙《なみだ》をこらえる。それが双子にとっては生きるための知恵《ちえ》だった。

そんな毎日がどれくらい続いただろうか。ある日突然《とつぜん》、変化が訪《おとず》れた。

変化は黒髪《くろかみ》の少年という姿でふたりの前に現れる。

最初は自分たちを苦しめる相手がまた替わっただけだと思った。ああ、今度はこの人が言うことに従うのか。諦《あきら》めというにはあまりにも無感動な事実の確認《かくにん》。

だがやがてふたりは気づき始める。少年の黒い瞳《ひとみ》に、双子を蔑《さげす》む光が宿っていないことに。差し出されるその手が柔《やわ》らかく自分たちを包んでくれることに。

村を連れ出されてからずっと手足にはめられていた枷を取り外し、ふたりが歩き疲《つか》れれば背負い、それまででは考えられないようなたくさんの食べ物をくれた。

最初はふたりもどうしていいか分からなかった。湯気をたてる温かそうなスープや肉《にく》汁《じゅう》のしたたる鳥肉は見ているだけでおいしそうだし、漂《ただよ》う香《かお》りは食欲をそそる。だがそれまでの経験から自分たちが食べていいものだとはとても思えなかった。少年は「食べていい」と言うが、手を出した途端《とたん》に殴られるのではないかという恐怖が頭をよぎり、体が動かない。

それを見た少年は困惑《こんわく》した表情を見せていたが、ふたりにはそれがどうしてなのか分からなかった。

だが常に空腹を共にするふたりが、目の前に置かれたおいしそうな食事の誘惑《ゆうわく》に勝てるわけもない。結局少年が眠《ねむ》りについてからこっそりと手を出してしまった。

もしかしたら怒鳴られるかもしれない。殴られるかもしれない。ふたりは怯えながらも暗闇の中、無心に食べ始める。温かかったであろう食事はすでに冷めてしまっていたが、そんなことはちっとも気にならなかった。その日ふたりは久しぶりに空腹という苦しみから逃れてゆっくりと眠ることができたのだから。

その後も距離感《きょりかん》がつかめないまま、奇妙《きみょう》な同居生活がはじまった。

少年は毎日、朝出かけて夕方に帰ってくる。その間ふたりは部屋でじっと大人しく待っていた。怖《こわ》い思いをすることもなく、痛い目にあうこともなく、暖かい部屋の中でお腹いっぱい毎日食べられるという、夢のような暮らし。

黒髪の少年は無愛想だったが、それは双子の方も同じこと。ややぶっきらぼうな口調で放たれる言葉も、決して双子を傷つける内容ではない。これまで向けられてきた悪意とは違《ちが》い、ふたりを気遣《きづか》っているのが伝わってくる。それはふたりにとって、ずいぶんと久しぶりに感じる温かさだった。

部屋へ閉じこもるのは全く苦にならなかった。ふたりにとって外の世界も人間も、全《すべ》てが自分たちを拒《こば》む存在だったたからだ。

しかしだからといって、一日中部屋の中に閉じこもるわけにはいかない。さすがにトイレへ行くためには、部屋を出て廊下《ろうか》を歩かなければならないのだ。

黒髪の少年からは、絶対にふたり一緒にいるところを他の人間に見られないよう注意されていた。しかしふたりにとってはお互いが、残されたたったひとりの家族であり、唯一の味方である。そんな相手の体温を手放すことだけは、たとえほんのわずかな時間でも耐《た》えられなかった。

一度この手を放してしまえば、一度目の届かないところに行ってしまえば、二度と触《ふ》れられなくなる、二度と会えなくなる。そんな未来を想像することがどんな恐怖にも勝《まさ》ったのだ。

いくら人目を避《さ》けていても、ここは傭兵《ようへい》たちが大勢滞在《たいざい》している宿の中。当然、バッタリと出くわしてしまうことだってある。

「おい、あれ……双子じゃねえか？」

たまたま通りかかった傭兵に目撃《もくげき》されるたび、ふたりはうつむいてそそくさと部屋へ駆《か》け込むのだった。

⁂

トリア周辺の草原で狩りを終えたアルディスが『淡空《あわぞら》』の広がる街を足早に歩く。止まり木亭へたどり着くと、ここ数日笑顔《えがお》が曇《くも》り始めたカシハから夕食のトレイを受け取り、自分の部屋へと戻った。

「今戻った」

返事がないのは承知の上で双子に声をかけると、ふたりそろってわずかに頷くのが見えた。相変わらず会話はできないが、こちらの声に対して頷いたり首を振《ふ》ったりと、多少の反応を見せるようになっている。

とはいえ、変化があったのはそこまでだ。いまだにアルディスが起きている間には食事を取ろうとしなかった。

「さて、どうしたもんかな……」

シチューから立ち上る湯気を見つめながらしばし思案していたアルディスは、トレイを手に立ち上がると部屋のすみでうずくまる双子へ近づいて行く。そして手が届くか届かないかという距離まで近寄ると、夕食のトレイを床に置いて双子の目の前で食べ始めた。

パンをちぎってシチューに浸《ひた》し、やわらかくした上で口に放り込む。濃《こ》い味のシチューが、素朴《そぼく》なパンにしっかりとしたアクセントをつけている。

双子を目の前にして、アルディスは黙々《もくもく》と食事を続けた。そんな少年の姿を、双子は目に疑問の色を浮《う》かべながら見守る。

やがて自分の食事を終えたアルディスは、トレイの上にある双子の食事へと手を伸《の》ばす。その様子を見て双子の体がピクリと反応するが、ただそれだけだ。

自分から「食べる」とも「取らないで」とも言わず、アルディスの動きをただ見つめるばかり。

アルディスは皿の上にあるパンを小さくちぎると、双子《ふたご》の片割れへと差し出す。

「ほら、口を開けて」

怖がらせないよう、できるだけゆっくりとやわらかな口調で声をかけた。

声をかけられた少女は目を瞬《まばた》かせて最初にパンを、次にアルディスの顔を、そして隣にいる片割れを見ると、最後にまた差し出された手のパンを見た。そのまま固まって微動《びどう》だにしなくなる。

時間にして待つこと二、三分ほど。無理に催促《さいそく》せずじっとパンを差し出していたアルディスの様子に何か感じるところがあったのか、少女の口が恐る恐る開く。

すかさずアルディスが手に持ったパンをその小さな口へ放り込んだ。

一度口にしてしまえば後は本能がそうさせるのか、それまで頑《かたく》なだった少女の口がはむはむと咀嚼《そしゃく》を始める。

再びアルディスはパンをちぎると、今度はもうひとりの前に差し出した。

「今度はお前だ。口を開けて」

やはり最初は躊躇《ちゅうちょ》していた少女だが、それまでのやりとりを目にしていたからだろう。

最初の少女よりもすんなりと口を開いてくれた。

しばらくそうやってちぎったパンを口へ放り込み、半分ほどを食べさせると今度は木匙《さじ》でシチューをすくい双子の口へと入れてやる。とうに湯気は立たなくなっていたが、皿に手をあてるとまだほのかに温かい。

冷ます必要がないなら都合がいいとばかりに、アルディスはシチューを少女たちへ交互《こうご》に飲ませていく。

「……どうした？　熱かったか？」

ふとアルディスは双子が目をうるませているのに気づく。シチューが熱すぎたのかと思い訊《たず》ねても、双子はふるふると首を横に振るだけだ。

「まだ食べられるか？」

夕食のメニューはパンと兎《うさぎ》肉の入ったシチュー。双子の胃袋《いぶくろ》に収まったのはまだその半分にも満たない。

聞くまでもない問いに双子は小さくコクリと頷《うなず》く。

それを見てアルディスは頬《ほお》を緩《ゆる》ませると、再びパンをちぎって双子の口へと運び始めた。

翌日も、その翌日も同じことを繰《く》り返す。双子のそばに座り、自分の手でふたりの口へと食べ物を与《あた》える。それが効果を現したのだろうか、数日後にはようやく双子が自分から食事へ手をつけるようになった。

「夕食、先に食べてていいぞ」

仕事から帰ってきたアルディスは食事の載《の》ったトレイをテーブルに置いて装備を解き始める。

双子はその間に恐《おそ》る恐るテーブルに近寄り、イスのそばで立ちつくしたままテーブルの上とアルディスへ交互に視線を送っていた。

部屋のすみでうずくまって、アルディスが寝《ね》るまで食事に手をつけようとしなかった頃《ころ》に比べればずいぶんと前進している。

「俺を待たなくてもいいんだからな」

しかし、毎回そう言っているのにもかかわらず、アルディスが食べ始めるまでは決して手を出そうとしない。それどころか、イスへ座るのさえも必ずアルディスの後にという徹《てっ》底《てい》ぶりだ。

(同じテーブルで食べるようになっただけマシだが……)

双子に向けて、物人にするつもりはない、奴隷《どれい》にするつもりもない、叩《たた》いたりもしない、自分はお前たちの味方だ、と朝晩繰り返して最近ようやく同じテーブルで食事をすることができるようになったのだ。

根気よく警戒《けいかい》を解いていくしかない。そう考えるアルディスは毎日のように同じ言葉を繰り返す。

「ふたりとも。俺が座ってなくてもイスに座って構わないし、食べるのも俺を待たなくていいんだからな」

ようやくイスに座った双子が同時にコクリと頷く。

「食べていいぞ」

そう声をかけても、双子はそろってアルディスの顔色を窺《うかが》うように上目づかいでチラチラと視線を送ってくる。アルディスが食事を始めるとようやく双子も食べ始めるというありさまだ。

（懐《なつ》いて欲しいわけじゃないが……。こうも人の目に怯《おび》えているようではな）

街中へ連れ出すにしても、引き取り手を探すにしても、双子を一緒《いっしょ》に連れ歩くのは目立ちすぎる。だが双子が怯えて互《たが》いに離《はな》れようとしないのでは、無理やりどちらかだけを連れ出すわけにもいかない。

（まだまだ時間が必要、か）

長期戦を覚悟《かくご》し、アルディスはじっくりと腰《こし》を据《す》えて双子の心をほぐしていく必要性を感じた。

（それはそうと――）

「そろそろ名前教えてくれるか？」

双子がテーブルで食事をするようになり、互いの距離《きょり》は縮まったという実感があるものの、いまだにアルディスは双子の名前すら知らない。

食事の最中に毎日訊ねてはみるのだが、なかなか返事が得られないでいる。アルディスが名前を聞くと、その都度食事をする双子の手が止まって妙《みょう》な沈黙《ちんもく》が訪《おとず》れるのだ。

双子はアルディスの顔を見た後、隣《となり》にいる片割れと視線をあわせる。いつもならそのまだんまりを決めこむのだが、今日は少し様子が違《ちが》った。

今日もだめか、とアルディスが諦《あきら》めかけたその時。双子がアルディスの顔を上目づかいでのぞき込みながら口を開く。消え入りそうなほど小さな声がこぼれた。

「……フィリア」

「……リアナ」

どうやらそれがふたりの名前らしい。

「フィリアにリアナだな」

確認《かくにん》するアルディスへ向けて、小さく頷く双子。

「わかった。フィリア、リアナ。これまでに何度も言ってるが、俺はお前らを物人として売り払《はら》うつもりも奴隷として扱《あつか》うつもりもない」

お前らが安心して暮らせる場所は俺が見つけてやる。そう告げると、双子へ食事を続けるよう促《うなが》した。

アルディス自身、明日の保証もない傭兵《ようへい》という身の上だ。『不自由なく』とは言えないが、せめてふたりが安住の地を得るまでは衣食住の面倒《めんどう》を見てやるつもりだった。

どこかの商家や職人へ見習いとしてあずけるか、子供のいない夫婦《ふうふ》を見つけて引き取ってもらうか……、どちらにしても双子ということがネックだろう。別々の街でひとりずつ暮らすというのが一番問題の少ない方法だが、果たしてこのふたりがそれを受け容《い》れるかどうか――。

予想以上の難題であることを、今さらながらに思い知るアルディスであった。

◇

アルディスと双子の距離は確実に縮まっていたが、名前を口にした時以外、ふたりの口から言葉らしきものが発せられることはなかった。加えてどっちがどっちなのかアルディスには全く見分けがつかなかったが、正直その辺はあまり気にしていない。そこまで長くつきあうつもりがないからだ。

ただ、双子について進展があったのはそこまで。食事こそ共にするようになったが、せっかくふたり部屋を借りているのに、一方のベッドはちっとも使用されていない。ベッドで寝ろと言っても、双子は常に部屋のすみへうずくまって眠《ねむ》ってしまう。一度無理やり抱《だ》き上げてベッドに放《ほう》り込んだが、翌朝には抜《ぬ》け出して部屋のすみに戻《もど》っている始末である。

こんなことなら最初からひとり部屋にしておけば良かった、と後ろ向きな考えがぬぐえないアルディスだった。

第二章　アリスブルーの女

双子《ふたご》を保護してから半月ほど経《た》った頃、アルディスは止まり木亭の部屋を引き払い、戸建ての家を借りることにした。

ここ数日、他《ほか》の客から向けられる視線に嫌悪感《けんおかん》のようなものが混じっていることを嗅《か》ぎとってしまったからだ。

同時に止まり木亭の娘《むすめ》であるカシハも最初のようなハツラツとした態度から一変し、思い悩《なや》んだような表情を見せるようになっている。歯切れの悪い言葉が増え、何かを話そうとして思いとどまるといった様子がしばしば見られるのだ。

双子のことが噂《うわさ》にでもなり始めたのだろう、とアルディスは察していた。

カシハの口から直接聞いたわけではないが、周囲の客や宿周辺の住人が向ける視線、そしてときおり耳に入ってくる会話の断片《だんぺん》から、宿に良からぬ評判が立っていることをアルディスも気づいている。このままでは、いずれ双子のことが知れてしまうのも時間の問題だった。

アルディスは貯《た》めた稼《かせ》ぎをはたいて家を借りると、その日のうちに双子を連れて住み処《か》を移す。どうせもともと大した荷物があるわけではないのだ。危険から遠ざかるには一日でも早い方がいい。

家を移ってから双子はさらに警戒を緩めた。ようやくアルディスのことを危険な相手ではないと認識してくれたようだ。他人の目を気にしなくてすむ環境《かんきょう》というのも良かったのだろう。

話しかけてくることはないが、アルディスの問いかけにふたりは言葉少なく答え、かろうじてコミュニケーションらしきものが成立していた。会話と称《しょう》するにはあまりにも物足りないものであったが、双子とアルディスの距離は日ごとに縮まっていった。

問題が発生したのはそんなときである。

いつものように双子を家に残して草原へ赴《おもむ》き、適度に獲物《えもの》を狩《か》って数枚の金貨を得ると、アルディスは双子の待つ家へと帰った。

住み始めてひと月ほど経った家は、やはり宿とは違った安心感がある。家で待つ家族——といってもまともに会話すらない少女がふたりいるだけだが、それでも帰る場所に誰《だれ》かがいるというのはアルディスにとって久しぶりのことだ。

こういうのも悪くない。

意図せず始まった三人の生活に、アルディスがそんなことを考えながら帰宅すると、家の雰囲気《ふんいき》がいつもと違うことに気づかされる。

これまでと同じように、双子の部屋をのぞいて「今帰ったぞ」と口にするアルディスが見たのは、ぐったりと床《ゆか》に倒《たお》れて荒《あら》く息をする双子の片割れ。そしてその手を握《にぎ》っているもうひとりの姿だった。

「おい、どうした！」

あわててアルディスが双子のそばに駆《か》け寄る。

倒れこんでいる少女の顔は熱で赤く染まり、苦しそうに呼吸をしていた。その目は閉じられていたが、眠っているのか意識を失っているのかもわからない。

「風邪《かぜ》……か？」

アルディスは医者でもなければ薬師《くすし》でもない。症状《しょうじょう》をひと目見て診断《しんだん》できるような知識の持ち合わせなどないのだ。

普通《ふつう》の人間なら教会に連れて行って治療《ちりょう》を受けるのが一般《いっぱん》的である。だが双子の場合は安易にそれを選択《せんたく》することもできない。治癒《ちゆ》術士はそのほとんどが女神《めがみ》の信徒なのだ。

彼らが双子を癒《いや》してくれるとはとても思えない。

ならば医者はどうか？　それも期待はできなかった。おそらく同じ理由で診察を断られるだろう。たとえ治療してもらえたとしても、この家に双子がいることを知られてしまえば、今後安心して家を空けることができなくなる。

「リアナたち、死んじゃう……、死んじゃやだあ……」

熱で苦しむ双子の手を必死に握りながら、もうひとりの少女――フィリア――が浅緑色の瞳《ひとみ》をうるませて訴《うった》える。

女神からも世間からも疎《うと》んじられている双子は、一体何に祈《いの》り、すがればいいのだろうか？　アルディスはやるせない気分になった。

「とにかくベッドへ寝《ね》かせよう」

ぐったりとした少女――リアナ――を抱きかかえると、アルディスはまだ一度も使われたことのないベッドに寝かせて布団《ふとん》を掛《か》ける。

その間もフィリアはリアナから離れようとしない。頰《ほお》を赤くしたリアナが浅い呼吸を繰《く》り返し、その顔を沈痛な面持《おもも》ちでフィリアが見つめ続ける。言葉はなくともその不安は手に取るようにわかった。

本来なら病人からは距離を置かせるべきなのだが、この双子に限って言えばそれは無茶《むちゃ》な相談だった。片時も離れようとしない両者を無理やり引き裂《さ》くのは逆効果と考え、アルディスはフィリアの好きなようにさせた。

（くそっ！　風邪の看病なんてしたことねえぞ！）

ぶつけどころのない苛立《いらだ》ちを心の中で吐《は》き出しつつ、アルディスは考えを巡《めぐ》らせた。

（オルフェリアたちを呼んで……、いや、確か昨日から泊《と》まりがけの依頼《いらい》を受けたとか言

ってたな。じゃあ薬を買いに……、本人の病状を診《み》ないと処方できないんだったか）

アルディスは髪《かみ》をかきむしりながら何とか記憶《きおく》を呼び起こす。

（確か、ノーリスが『頭を冷やして体は温める』とか言ってたはず）

無駄《むだ》に生活力の高い弓士が言っていた対処方法をすぐさま行動に移した。濡《ぬ》らした手ぬぐいを魔法《まほう》でほどよく凍《こお》らせ額にのせる。

こんな時、薬師や医者の知人がいれば心強いのだが、あいにく負傷と縁《えん》のないアルディスはそちら方面のツテがまったくない。テッドたちならそういった知り合いもいるかもしれないが、トリアから離れている今は頼《たよ》ることも不可能だ。

普段他者と積極的に交わろうとしないアルディスが、交友関係の狭《せま》さを今さらながら悔《く》やんだところで何の解決にもならない。

（効果があるかわからないが）

アルディスは手当て用の治療薬を水で薄《うす》めると、綿に含《ふく》ませてリアナの口元へあてがう。わずかではあるがリアナの口が治療薬を吸い始めた。時間をかけて綿が水分を失うと、再び治療薬を含ませて口元へもっていく。

その間にも冷たさを失った手ぬぐいを冷やし、体を濡らす汗《あせ》をぬぐう。そうやって一晩中面倒を見ていたところ、明け方になってようやくリアナの熱が下がり始めた。

しかし今度はベッドの側《そば》を一時たりとも離れず、リアナの手を握り続けていたフィリアが熱を出す。

ずっとそばに居た上、もともと体力の少ない少女、しかもリアナが熱を出してからアルディスが戻るまで食事をおろそかにしていたこともある。それでフィリアだけが元気で居られるわけもない。

だが、リアナの熱が下がり始めたことで、アルディスはいくぶん安心していた。リアナから——おそらく風邪が——移ったのであれば、フィリアの症状も同じように落ち着くと思えたからだ。

意識を取りもどしたリアナと並べてベッドに寝かせ、頭を冷やしてゆっくりと眠らせたおかげで、翌々日の朝にはふたりとも症状が落ち着いていた。

結果的には単なる風邪だったが、食事もとらずに床の上で倒れたままの子供が無事で居られたのは手遅《ておく》れとなる前にアルディスが帰ってきたからだ。

もし遠方へ行かねばならない依頼を受けたときだったら？

何かのトラブルで自分の帰りが遅れていたら？

双子は共に冷たい体となっていたかもしれない。そんな考えにアルディスは背筋を冷たくした。子供だけを家へ置き去りとする危険性に、今さらながら思い至ったのだ。

その一方で悪いことばかりでもなかった。熱にうかされた双子をアルディスが看病した日から、ふたりとの距離《きょり》が目に見えて縮まったのだ。

帰宅したアルディスが装備を解いている時、静かに近づいて来た双子がズボンをちょこんと引っぱる。

「……おかえり」

ボソリとつぶやく双子の目に、アルディスへの恐《おそ》れはもう見えない。

「……アルディス、…………お腹《なか》、すいた」

「ああ、ちょっと座って待ってろ。帰りの露店《ろてん》で串焼《くしや》き買ってきたから。すぐに食べられる」

初めてアルディスの名を呼び、要求らしき言葉が口から飛び出た双子を見てついつい頬が緩《ゆる》む。

日ごとに双子との間にあった壁《かべ》が感じられなくなっていく。これまでなら双子の方からアルディスに接触《せっしょく》してくることなどなかったのだ。明らかに双子の様子が以前とは変わっていた。

その傾向《けいこう》は日を追うごとに顕著《けんちょ》になる。『うん』か『ううん』の二択《たく》だった返事が少しずつ別の言葉交じりになり、それまで人の顔色を窺って部屋のすみでうずくまっていたのが、トコトコとアルディスの後ろをついて歩くようになった。

何よりアルディスにしてみれば、ベッドで眠ってくれるようになったのが一番ホッとしている。以前のように床で寝て風邪でも引かれてはたまったものではない。

同時に自嘲《じちょう》めいた感情が浮《う》かび上がる。

アルディスとしてはもともと双子に深入りするつもりなどなかった。しばらく面倒《めんどう》を見ながら、里親を探すか商会の見習いにでも放《ほう》り込めばいいと思っていたのだ。しかし今となってはすっかり双子に情がわいてしまったようだ。

アルディスの名を呼び、ときおり笑顔《えがお》を見せるようになった双子を置いたまま家を留守にもできず、ふたりに家事を教え、ときおり双子と一緒《いっしょ》に昼寝を堪能《たんのう》しながら漫然《まんぜん》と過ごす日々が続いた。


「で？　いつになったら仕事するんだよ？」

仏頂面《ぶっちょうづら》で睨《にら》みながらテッドが言う。

ただでさえ悪人顔の大男がそんな表情をするものだから、アルディスの両隣《りょうどなり》に座った双子が怯《おび》えて腕《うで》にしがみつく。

双子の面倒を優先するあまり、アルディスはあれから一ヶ月近くも依頼を受けていない。

そんなアルディスを見るに見かねてテッドたちが家へ乗り込んできたのだ。

「テッド、あんまり怖《こわ》い顔しないで。あの子たちが怖がってるわ」

「なんだよ、アルディスにそろそろ仕事させろって言いだしたのはお前だろ？」

不満そうにテッドがオルフェリアに突《つ》っかかる。

「確かにそれもあるけど。あの子たちのことも気になってたのよ」

彼女の言う『あの子たち』とは、現在アルディスの腕を抱《かか》えながら警戒心《けいかいしん》に満ちた表情を浮かべている双子《ふたご》のことだ。

「その様子だと、少しは打ち解けたみたいね」

双子の様子を見て、オルフェリアが安堵《あんど》の笑みを浮かべる。

「まあな。最初は大変だったけど、最近はいい感じだ」

アルディスもまんざらでもなさそうな顔をする。

「じゃあ、そろそろ仕事したらいいんじゃない？　いつまでも蓄《たくわ》えが続くわけじゃないでしょ？」

横からノーリスが口を挟《はさ》んだ。

「そうだぜ、アルディス。ここんとこいつも誘《さそ》いを断りやがって、しかもひとりで稼《かせ》いでる気配もねえ。あんまり他人の懐《ふところ》具合《ぐあい》に探《さぐ》りは入れたかねえが、そろそろ仕事受けねえとまずいんじゃねえのか？」

テッドの言葉にアルディスがかすかな苦笑いを浮かべる。彼の言葉を否定できなかったからだ。

双子が熱を出す前に貯《た》めていた金貨は四十枚と少し。これは贅沢《ぜいたく》さえしなければ一般的な家族が二年は食べていける金額だ。当然アルディスと双子の少女だけであれば十分すぎる。

だがアルディスは傭兵《ようへい》だ。単に衣食住が確保できればいいというわけではない。武器の修繕《しゅうぜん》、治療薬など携行品《けいこうひん》の補充《ほじゅう》は必要だし、その価格は一般市民が買う日用品とは桁《けた》が違《ちが》う。金貨などあっという間に消えてしまうのだ。確かに懐はそろそろ寂《さび》しくなってきていた。

だが、双子の問題がある。ようやくアルディスに対する警戒心を解いた双子だが、今度は一転して依存《いそん》の兆候を見せ始めていた。

アルディスの後をふたりそろってトコトコとついてくる。

アルディスがソファーでくつろいでいると、その隣に座ってくる。

アルディスがリビングで窓から差し込む太陽の光を浴びながら昼寝をしていると、いつのまにか側でふたりが眠《ねむ》っている。

夜は夜で、せっかく双子用の部屋とベッドを用意したにもかかわらず、アルディスのベッドへと潜《もぐ》り込んでくるようになった。

さすがに買い物へ出かけるアルディスに同行することはなかったが、家の中にいる間はなんだかんだくっついてくるという感じだ。

聞けば歳《とし》は今年で八つになるそうだが、外見は少々大人びた雰囲気《ふんいき》を感じさせる。十歳といっても通用するほどだろう。だが一方で言葉遣《づか》いにしろ、話す内容にしろ、実年齢《じつねんれい》よりも幼さを感じてしまう。いろいろとアンバランスな子供たちだった。

アルディスもアルディスで、そんな双子についつい情がうつってしまった。置き去りにして仕事や狩《か》りに出かけるのを躊躇《ちゅうちょ》するうちに、結局一ヶ月もの間仕事から遠ざかっている。

「だからって、いつまでもこのままってわけにゃいかねえだろ？」

テッドの言うことは正論だった。実際、そろそろ仕事をしなければ、という意識はアルディスにもある。

「そこでね。面白《おもしろ》い話を持ってきたんだ」

アルディスの表情を窺《うかが》っていたノーリスが切り出した。

「街道《かいどう》に出る美女の話は耳にしたことがある？」

「なんだそれ？」

「あはは、よっぽど家に閉じこもってたんだね。今じゃトリアだけでなく王都でもこの噂《うわさ》で持ちきりらしいのに」

何が楽しいのか笑うノーリスだが、それはいつものことだ。

いいから早く話せとばかりにアルディスが視線で訴《うった》える。

「トリアから王都への街道を進んで半日ほど行ったところに若い女性がひとりで出没《しゅつぼつ》するらしいんだ。でね、この女性がまた強いんだってさ」

「野盗《やとう》か？」

「いやいや、全然違うらしいよ。ただ、街道を通る傭兵や商人の護衛に手合わせを申し入れてくるらしいんだ。で、あっさり勝っちゃうんだってさ。熟練の傭兵相手に連戦連勝。今のところ負けなし」

「意味が分からん」

「だよね。僕も意味分かんないや。だってその女性、勝ったからって何を要求するでもないらしいよ。おまけに理由を聞いても返答がないもんだから、なおさらいろんな憶測《おくそく》が飛び交《か》ってってね」

話だけ聞けば、旅の傭兵が腕試《うでだめ》しに手当たり次第《しだい》ケンカをふっかけているようにも聞こえる。名を揚《あ》げようとしているのでは、と推測する者もいるらしい。だが、肝心《かんじん》の女性は名乗りもしないそうなのでおそらく見当違いだろう。

「ただ、手合わせと言っても死人どころかろくに怪我《けが》をした人間も出てないし、断ればそのまま素通《すどお》りするにまかせるってことで、一部を除いて問題視している人はいないみたいだね。聞いた話によると、その女性に野盗から守ってもらった商隊もいたらしいよ」

「害がないなら何も問題ないだろうに。その一部の人間は何を問題視してるんだ？」

アルディスと同じ考えの人間は多い。

害がないどころか治安の面では貢献《こうけん》しているともいえるし、望まない者には不干渉《ふかんしょう》というのであれば、単に変わり者が出没するだけの話だ。最近では女性との手合わせ目当てで会いに行く者すら出始めているらしいが、本人の自由意思で戦うのであれば他人がどうこう言う話でもないだろう。

「放っておいても実害はない。あるとすればメンツの問題だろうね」

「メンツか……。ということは、領主や領軍あたりから何か話が出て来てるのか？」

「当たり。トリア侯《こう》からの依頼《いらい》話だよ」

女性は罪を犯《おか》しているわけでも治安を乱しているわけでもない。だが得体の知れない者が、我が物顔で街道に居座っていては領主としての面目《めんぼく》が丸つぶれであろう。下手《へた》をすると敵対する貴族との間で政争の具に使われかねないのだ。

「ふうん。で、依頼の内容は？」

「交渉。相手の女性を領主の館《やかた》に招きたいってことらしいよ」

それを聞いたアルディスが眉《まゆ》を寄せる。

「よくわからないな。だったら領主の配下を行かせればいい話だろうに」

「さあ？　在野の傭兵相手に領主自ら使者を立てるのが嫌《いや》なのか、それとも一度断られたのか。その辺は今手元にある情報だけじゃ判断できないなあ。ただ、討伐《とうばつ》ってわけでもないし、手合わせになっても怪我しなくてすみそうだから、アルディスが久しぶりに受ける依頼としてはちょうどいいんじゃない？」

「まあ、そうかもな。で、報酬《ほうしゅう》は？」

「成功報酬で金貨二枚。失敗時は銀貨一枚だってさ」

「少なすぎやしないか？」

アルディスの懸念《けねん》はもっともだった。たとえ成功しても四人で丸一日かけて金貨二枚では割にあわない。まして失敗したら銀貨一枚しか実入りがないのだ。実質ただ働き同様である。

「ああ、オレたちゃ別の依頼を受けてっからな。美人のねーちゃんを口説くのはアルディスに任せた」

「私たちはしばらく荒野《こうや》の方へ出かけるのよ」

「なんだ、そういうことか」

どうやらこの依頼は本当にアルディスだけのために持ってきた話らしい。正直余計なお世話と思わないでもないが、せっかくの厚意《こうい》だからとアルディスはこの依頼を受けることにした。

その後、渡《わた》りをつけてくれる酒場の名前をアルディスへ伝えると、テッドたちは帰っていく。

「アルディス、出かけるのー？」

「アルディス、行っちゃうのー？」

途端《とたん》に双子がアルディスのそでを引っぱりながら聞いてくる。

「ああ、明日はちょっと出かけてくるからな。ふたりで留守番できるな？」

アルディスの問いかけにコクリと頷《うなず》いた双子たちは、浅緑色の瞳《ひとみ》をまっすぐ向けてなおも訊《たず》ねる。

「リアナたち置いてかない？」

「戻《もど》ってくる？」

「……ちゃんと戻ってくるから心配すんな」

幼いなりに必死で訴《うった》える表情を見て、アルディスは微笑《ほほえ》みを返しながらふたりの頭を優《やさ》しく撫《な》でた。


翌日の朝、アルディスは双子を家に残し、ノーリスから教えてもらった酒場を訪ねる。

そこで正式に依頼を受領し、そのままトリアの街を出て街道を西へと向かった。

特に獣《けもの》から襲《おそ》われることもなく、順調に足を進めること二時間。手持ちの荷物も日帰りということで最小限、同行する人間もいない。アルディスの足取りは軽かった。

実際、通常の傭兵であれば六時間はかかるであろう距離《きより》を二時間で踏破《とうは》しているのだ。その移動を一部始終眺《なが》めている人間がいれば、おそらく目を丸くしたことだろう。アルディスの足が大地を蹴《け》り、次に地面へ着地するまでの距離は約三メートル。身長百七十センチの人間が歩くときの歩幅《ほはば》ではない。

さらに、もしすぐそばでアルディスの歩みを見る者がいれば、頭を傾《かたむ》けて考え込むだろう。なぜならアルディスの足は地面に着くことなく、常に宙を浮《う》いているのだから。

アルディスは魔力《まりよく》で自分の体を浮かせていた。その足は地面から数センチ浮いた宙を蹴り、ひと足ごとに三メートルの距離を進んでいる。

やろうと思えば上空百メートルを寝転《ねころ》がったまま飛ぶこともできる。だがアルディスが地面スレスレを歩くような動作で飛んでいるのは、これが一般《いっぱん》的に『非常識』な魔力の使い方であるからだ。

現時点で人間が空を飛ぶ魔法は存在を確認《かくにん》されておらず、同様の魔術も知られていない。当然、そんな中でアルディスが空を飛んでいれば大騒《おおさわ》ぎになってしまう。だからこそ、飛んでいる速度も高度も控《ひか》えめにし、万一誰《だれ》かに見られても歩いているようにしか見えないよう偽装《ぎそう》しているのだ。

歩いているように見せかけた空中歩行――アルディスは『浮歩《ふほ》』と名付けた――のおか

げで、昼過ぎには酒場の主人から聞いていた場所へとたどり着くことができた。

「確かこの辺と聞いたが……。あれか」

アルディスの目に人だかりが映る。街道沿いとはいえ、人里離《はな》れたこんな場所ではなかなか見られない光景だ。

近づいて見れば、いるのは大勢のむさくるしい傭兵たちばかり。行商人らしき人間も何人かいるが、おそらく旅の途中《とちゅう》で休憩《きゅうけい》がてら騒ぎを見物しているのだろう。見渡せば、商魂《しょうこん》たくましくも野次馬《やじうま》の傭兵を相手に商品を売り込んでいる行商人もいるようだ。殺伐《さつばつ》とした雰囲気はなく、和《なご》やかな笑い声や歓声《かんせい》が響《ひび》きわたる様は、まるで祭りの賑《にぎ》わいを思わせた。

「次は誰が相手かね？　何なら全員でかかってきても良いぞ」

男のような口調で若い女の声がする。

声の主は人だかりの視線を追って行くと見つかった。

アリスブルーの長い髪《かみ》。切れ長の目は深く澄《す》んだ天色。やや無表情にも見える顔だがその造形は整っており、貴族の令嬢《れいじょう》と見紛《みまが》うばかりの気品を窺わせた。白いフード付きの長衣をまとっていることから、魔術師かあるいは治癒《ちゆ》術士に見えるが、そのたたずまいと所作は熟練の戦士であることを感じさせる。

「ようし！　次はワシじゃ！」

人だかりの中から屈強《くっきょう》な戦士が前に出る。

「やったれ！　ガンドルフ！」

「負けんじゃねーぞ！」

「あっという間にやられんなよ！」

「よーし！　ガンドルフに銅貨五枚だ！」

「嬢ちゃんに銀貨一枚！」

歓声とも罵声《ばせい》ともつかぬ声が方々からあがった。

ガンドルフと呼ばれた戦士はチェインメイルに身を包み、手にはハルバードを携《たずさ》えている。傭兵《ようへい》にしては珍《めずら》しい装備だった。年の頃《ころ》はおそらく三十代半ば。一般的に戦士としては最も脂《あぶら》がのった、最盛期《さいせいき》と言われる年齢だ。

「嬢ちゃんも確かに強いが、ワシは嬢ちゃんが生まれた頃から武器を振《ふ》るって戦ってきた。年季の違《ちが》いというものを見せてやるよ」

「我《われ》が生まれた時より、か？　面白《おもしろ》いことを言うものよ」

女が美しい顔にふわりと笑《え》みを浮かべる。見たところ十七、八ほどの若さに見えるが、その微笑みは艶《つや》町の舞女《ダンサー》よりもなまめかしく映る。

歓声と口笛が飛び交う中、ガンドルフと女が向き合う。

「じゃあ、いくぞ。嬢ちゃん！」

ガンドルフのかけ声を合図に、ふたりの戦いが始まった。

初撃《しょげき》。

頭上に振りあげ、ガンドルフが半円を描《えが》くように斬《き》り下ろしたハルバードは女の足を斜《なな》め上から襲う。

女は避《よ》けるでもなく体をそのまま前へ傾けると、トンッと軽く地面を蹴ってガンドルフの懐《ふところ》へと潜《もぐ》り込もうとする。アリスブルーの髪がふわりと揺《ゆ》れた。

「チッ！」

舌打ちをしながらガンドルフは無理やりハルバードの軌道《きどう》を横薙《な》ぎに変えるが、すでに女は距離を詰《つ》めている。

捕《と》らえきれないと判断したのか、ガンドルフはハルバードのかぎ爪《づめ》を地面に引っかけ、遠心力を使い自分の体が振られるに任せると、そのまま横に飛んだ。

しかし一回転したガンドルフがすぐさま体勢を整えハルバードを握《にぎ》りしめたとき、その首には一本のダガーが突《つ》きつけられていた。

「これで勝負ありだな」

ガンドルフの背後に回っていた女が告げる。

「マジかよー！　ガンドルフでもダメかあー！」

「やっぱ強《つえ》えな、あの嬢ちゃん！」

「くそー！　もうすっからかんだー！」

あっという間の勝負だった。

ガンドルフという男が弱いわけではない。アルディスが見たところ、魔物は無理でも大型の肉食獣《にくしょくじゅう》相手なら一対一で勝つだけの力量を持っている。だがそんな熟練の傭兵がまるで子供扱《あつか》いだった。

ノーリスや酒場の親父《おやじ》から事前に聞いていたとはいえ、連戦連勝というのはあながち間違いでもないだろう。あれだけの傭兵を殺さずに制圧できるということは、それだけ力に差があるということだ。

「次の相手は誰かね？」

息ひとつ切らすことなく、女が天色の瞳を人だかりに向ける。

「おい、どうすんだ？」

「お前行けよ」

「あのガンドルフがあっという間だったんだぞ？　無理無理」

傭兵たちがざわつくが、誰も女の相手を買って出る者はいなかった。

「いないのか？」

「ちょっといいか？」

女からの呼びかけに、アルディスが人だかりを割って前へ出る。

「え？　おいおい、坊主《ぼうず》。やめとけよ」

挑戦者《ちょうせん》に名乗り出たアルディスを見て、中年の傭兵が思いとどまるよう声をかけてくる。ガンドルフという熟練の傭兵が手も足も出なかった相手に、駆《か》け出しとしか見えない少年が挑戦するのは無謀《むぼう》だ、とでも考えているのだろう。

戸惑《とまど》いを見せ、ざわめく傭兵たちとは対照的に、女は切れ長の目をさらに細めてアルディスを観察する。

「ほう……。ようやく期待できそうなのが出てきたな」

つぶやく女に向けて、アルディスは手のひらを向けると言った。

「待て。俺はあんたと交渉《こうしょう》するために来たんだ。戦うために来たわけじゃない」

「交渉？　交渉と言ったか？」

女が感情のこもらない声で問う。

「ああ。話をしたいだけだ。別にあんたと戦いたいわけじゃな――」

言いかけたアルディスののど元へ、一本のダガーが飛んでくる。

アルディスは無意識のうちに左手をかざし、物理障壁《しょうへき》を前方にだけ展開した。金属同士が打ち合うような反響音《はんきょう》を残し、女の投げたダガーが撥《は》ね返されて地面に落ちる。

「おい。話を聞けよ」

アルディスが冷たい声で言う。

あの程度の不意打ちなど当然喰《く》らうわけもないが、それでも話の途中で水を差されればいい気はしない。

もちろんこれが戦場であれば、のんびりと口上を述べる方が愚《おろ》かなだけだろう。しかしアルディスは交渉にやって来たのだし、それは相手にもハッキリと言ったはずだ。

「人が交渉へやって来たってのに問答無用でのど元を狙《ねら》ってくるとか、笑えないな」

「お主、話をしたいと言ったな」

「そう言ったのが聞こえなかったか？」

「我はお主と話がしたいわけではない。だがお主は我に話を聞けという。互《たが》いの主張が食い違う以上、いずれかの主張を通すためには一方の主張を引っ込めねばならぬ」

「それがどうした」

「我が譲《ゆず》る気のない以上、お主が主張を通したいのならば、我を納得《なっとく》させるしかあるまい」

「まどろっこしい言い方だな。もっとシンプルに言ってくれないか？」

「つまりだ。我と話がしたいなら、――まず我に勝ってからということよ！」

女が瞬時《しゅんじ》に距離を詰めてくる。

「岩石《デッセル》」

アルディスの声に反応して地面から鋭《するど》く尖《とが》った岩が突き出る。

進路を塞《ふさ》がれた女は、すぐさまその向きを変えると同時に人さし指をアルディスへ向けた。

「まずは小手調べといこう」

女の周囲に氷のつぶてが浮かび上がり、アルディス目がけて発射される。

「魔法障壁《フェル・マニーナ》」

氷のつぶてをアルディスはとっさに展開した障壁で防ぐ。

次の瞬間、今度は上から襲《おそ》いかかってくる炎《ほのお》の塊《かたまり》。

アルディスがサイドステップで避けると、そこへ待ち構えていたかのように女の握るダガーが迫《せま》る。

鋭く突き出される刃《やいば》を半身になって避け、アルディスは通り抜《ぬ》けざまに女の腕《うで》をつかもうとするが、それを阻《はば》むかのように風が空気を切り裂《さ》く。

襲いかかる風を避けて距離をとったアルディスに、またも女が指先を向けた。

「これはどうだ？」

女の頭上から無数の光が帯のような形を成し、アルディスへと放たれる。

「ちっ！」

アルディスは横に向かって飛び退《すさ》りながら、直撃する光だけを魔法障壁で防ぐ。

地面に着弾《ちゃくだん》した光が土を焼いて消失する。焦《こ》げ臭《くさ》い匂《にお》いが辺りに立ちこめた。

「ならばこれは？」

再び女の頭上に無数の光が現れる。今度はバラバラにではなく、一点に収束した光がアルディスへ向けて放たれた。

アルディスはその光を正面から受け止めるのは危険と判断し、魔法障壁《まほう》の角度をずらすことで受け流す。

「ほう。手慣れたものだ。お主、何者だ？」

「それはこっちのセリフだな」

悠然《ゆうぜん》と立つ女を睨《にら》みながらアルディスは言った。

詠唱《えいしょう》を必要としない魔法攻撃《こうげき》。アルディスは初めて自分以外にそれを使う人間と出会った。

魔法の威力《いりょく》ひとつとっても、並の使い手でないことはハッキリとわかる。障壁で受けた感じでは、おそらく大型の肉食獣どころか草原地帯最強の魔物も瞬殺できるほどの威力があるだろう。

「おい、あの女って魔術師だったのか？」

「マジかよ。ってこたあ、俺たちは魔術師の女にダガー一本であしらわれたってことか？」

「そうかもしれねえけど、あんなの魔術師の動きじゃねえぞ」

「それを言ったらあの坊主だってそうだろ。あの身のこなし、とても魔術師とは思えねえ」

アルディスと女の戦いを見物している傭兵たちがざわめいた。

傭兵たち相手に魔法も魔術も使わずダガー一本であしらい続けていた女が、次々と繰《く》り出す攻撃に目を見張る。

それまでダガー使いの軽戦士とばかり思っていたのだろう。自分たちが最初から赤子扱いだったことに怒《いか》りを浮《う》かべる傭兵もいた。加えてまだ新米傭兵にしか見えない魔術師の少年が、女の魔術とダガーによる攻撃を軽くあしらい続けていることにもショックを受ける。

どちらが勝つのか賭《か》けることも忘れ、傭兵たちは繰り広げられる戦いに目を奪《うば》われ続けていた。

一方その頃、アルディスが保護する双子《ふたご》の姿はトリアの街中にあった。

「大丈夫《だいじょうぶ》かな？　怒《おこ》られないかな？」

「ちょっとだけだから、大丈夫だよ」

穏《おだ》やかに流れる日々の暮らしは双子の心を解きほぐしつつあったが、それは同時に警戒《けいかい》心《しん》の緩《ゆる》みにもつながっていた。アルディスに救われるまでさんざんに受けた大人たちからの仕打ちは忘れていなくても、そこはやはり幼い子供。わき上がる好奇心《こうきしん》を抑《おさ》えることができず、とうとうふたりで家を抜け出してしまったのだ。

ふたりはアルディスにもらった子供用のローブをまとい、フードを目深《まぶか》にかぶって顔を隠《かく》すと、人の行き交《か》う表通りへと向かう。

「すごい、人いっぱい！」

「あっち行ってみよ！」

お互いの手をしっかりと握りしめ、小さな探検家たちは興味の赴《おもむ》くまま街を駆けまわる。通りをせわしなく歩く多くの人、たくさんの品物が並ぶ露店《ろてん》、隙間《すきま》なくぎっしりと家が建てられた街並み。何もかもがふたりにとって新鮮《しんせん》だった。

顔を隠して歩くふたりには、ときおり興味本位の視線が送られる以外に干渉する者もいない。生まれ育った村で向けられるような悪意もなく、双子は次第《しだい》に周囲への警戒を薄《うす》めて大胆《だいたん》になっていった。

「待って、フィリア！」

民家の建ち並ぶ路地をふたりの少女が駆け抜ける。恐《おそ》る恐る周囲を窺《うかが》っていた数時間前とは比べものにならないほどの闊達《かったつ》さで。

「リアナ、早く早く！」

「あっ！」

急《せ》かされるあまり、足もとがおぼつかなくなったリアナがつまずいて転んだ。フードが外れ、プラチナブロンドの鮮《あざ》やかな髪《かみ》があらわになる。

「大丈夫かのう？」

リアナの横からひとりの老爺《ろうや》が心配そうに声をかけてきた。

「怪我《けが》はなさそうじゃな。うんうん。泣かんかったか、えらいのう」

笑《え》みを浮かべて、老人はリアナの頭を優《やさ》しく撫《な》でる。

そこへ遅《おく》ればせながら戻《もど》ってきたフィリアは、思いもよらぬ第三者の登場に体を固まらせていた。

「ホッホッホ。元気でええことよ。どっちがお姉ちゃんかのう？」

緊張《きんちょう》で顔を強《こわ》ばらせる双子と対照的に、老人はにこやかな表情でふたりの頭を撫でていた。そしてフードの中に隠されたフィリアの顔をのぞき込んでは笑みをこぼす。

「ほほう。ふたりとも将来はべっぴんさんじゃの。そっくりじゃ」

そして再びリアナの顔に視線を移すと、感心するようにつぶやいた。

「本当にそっくりじゃのう……」

ふと頭を撫でていた手が止まる。老人の笑みが固まった。

「まさか………、双子？」

双子の肩《かた》がビクリと跳ねた。

答えなど聞かずともその反応で理解したのだろう。老人はキョロキョロと周囲を見回して人目が無いことを確認《かくにん》すると、深いため息をつく。そしてリアナにフードをかぶらせると悲しそうにこぼした。

「そうか……。辛《つら》かろうの……」

悪意のない言葉が双子の緊張を解きほぐす。

「さあ、はようお行きなさい。フードはしっかりかぶるんじゃぞ。決して顔を見られんように気をつけるんじゃ」

そう言って老人がそっとふたりの背中を押し出す。

予想もしなかった老人の優しさに戸惑《とまど》いながらも、双子はお互いの手をしっかりと握《にぎ》り合って足早にその場を後にした。

この邂逅《かいこう》はふたりにとって大きな転機となる。それまで世の中の全《すべ》てに疎《うと》まれていると思っていたふたりが、初めてアルディス以外の善意に触《ふ》れた日であった。

世界が自分たちを受け容《い》れてくれるなら、自分たちも世界を受け容れることができる。このことはアルディス以外の人間に対する思いやりをふたりの心へ芽吹《めぶ》かせる、十分なきっかけとなった。

トリアから王都へ続く街道《かいどう》沿いでは、なおもアルディスと女の戦いが続いていた。

女が連続して生み出す魔法による攻撃を、アルディスは障壁《しょうへき》で防ぎ、あるいはそらし、合間に繰り出されるダガーの刺突《しとつ》から身をかわす。

アルディスからも女に向けて火球、岩石、風切、氷塊《ひょうかい》と立て続けに撃《う》ち込むが、いずれの攻撃も有効打となってはいない。

ただ、これは互いに様子窺いのようなものだ。人目があるため、アルディスは剣魔術《けんまじゅつ》を持ち出してはいないし、繰り出す魔法も威力が低いものに絞《しぼ》っている。

それは女の方も同様らしく、こちらの力量を測るかのように小出しの攻撃を放ってくる。一度、輝《かがや》く光の槍《やり》を見せた以外はいずれも基本的な攻撃にとどまっていた。

「お主、なぜ本気をださぬ？　……ああ、そういうことか」

手を止めて問いかける女は、天色の瞳《ひとみ》だけを横にそらして見物している傭兵《ようへい》たちを見ると、勝手に納得した。

アルディスとしてはあまり剣魔術うんぬんで悪目立ちをしたくない。強者として注目を集めるのは構わないが、特殊《とくしゅ》能力の持ち主として耳目《じもく》を集めるのはトラブルのもとにしかならないと考えているからだ。

余裕《よゆう》があれば魔法を使う前は詠唱をするようにしているし、剣魔術を見せた同行者へは可能な範囲《はんい》で口止めをしてある。もちろんあくまでも『お願い』でしかない以上、いずれ知れ渡《わた》ってしまうことは覚悟《かくご》の上だった。

女の納得《なっとく》は、そういったアルディスの内心を察したからであろう。片手を頭上に掲《かか》げて小声で言った。

「では、ちと追い払《はら》うとしようか」

女が掲げる手のひらの先に光球が生まれ始める。その光球はみるみるうちに大きさを増し、やがて五十センチほどに達した後、アルディスへ向けて放たれた。

アルディスはとっさに着弾点から身をかわすと、同時に魔法障壁を展開する。地面へと衝突《しょうとつ》した光球が、爆発《ばくはつ》と共にはじけ飛ぶ。

これまでの小手調べとは桁違《けたちが》いの威力により、アルディスの展開した障壁にも相応の負《ふ》荷《か》がかかる。女の攻撃とアルディスの魔法障壁が互《たが》いにせめぎ合い、その魔力は青白い光の文様となって漏《も》れ出した。

「ほう。意にも介《かい》さぬか」

爆風がおさまった時、そこには無傷で立ち続けるアルディスの姿があった。

アルディスにとって、この程度の攻撃は脅威《きょうい》とならない。だが周囲で見物していた傭兵たちにとっては違うだろう。その余波は周囲で野次馬《やじうま》を決め込んでいた傭兵たちにもおよんでいた。

もちろんそれは直接的な被害《ひがい》をもたらす攻撃ではない。だがもとの威力が威力である。余波だけでも小柄《こがら》な人間を数メートル吹《ふ》き飛ばし、それ以外の全員をよろめかせるだけの力を持っていた。

「な、こんなところまで衝撃がくるなんて……！」

「ちょ……、シャレになんねえぞ」

そこへ再び女の手が頭上に掲げられる。今度は両手だ。

「さて、これならどうかね？」

不敵な笑みを浮かべつつ、女がまたも手のひらの先で光球を生み出し始めた。

「おい、あれヤバいんじゃないのか？」

「どこまででかくなるんだよ」

「さっきの大きさであの威力ってことは……」

光球の大きさは先ほどのものを超《こ》えてさらに膨張《ぼうちょう》する。多くの傭兵たちが凝視《ぎょうし》する中、それは優に三メートルを超えて、なおも大きさを増していた。

「逃《に》げた方がよくねえか……？」

ある傭兵の言葉が引き金となり、全員があわててアルディスたちへ背を向け一目散に駆《か》け出した。アルディスが来るまでのんびりと商売をしていた行商人たちも我《われ》先にと逃げ始める。中にはあわてるあまり、商品を置き去りにしてしまう者もいたほどだ。

やがて周囲から人間の姿が消えたことを見計らったかのように、女の両腕《りょううで》がアルディスへ向けて振《ふ》り下ろされる。

まばゆい輝きを放ちながら襲《おそ》いかかってくる光球の正面に、アルディスが展開する三重の魔法障壁が立ちふさがった。

「三重魔法障壁《フェル・トオラ・マニーナ》」

一枚目の魔法障壁は鋭《するど》く研《と》ぎ澄《す》まされた刃のような形状で光球を細切れに分割《ぶんかつ》し、二枚目は網目《あみめ》を積み重ねたような綿状の障壁で威力《いりょく》を減衰《げんすい》させ、三枚目の強固な障壁が浸透《しんとう》を防いだ。

「邪魔《じゃま》な視線はなくなったぞ。これでお主も本気を出す気になったかな？」

熟練の傭兵が逃げ出すほどの魔法を防がれながらも、女の顔には焦《あせ》りひとつ浮かんでいない。

アルディスも当然といった顔である。これ見よがしな先ほどの光球が、周囲から見物人を一掃《いっそう》する目的であることは彼にも分かっていた。

「本気を出すかどうかは、あんた次第だけど……。その前に、今さらかもしれないが大人しく話を聞く気はないのか？」

「たわけ。この期《ご》におよんでまだそのようなことを申すか。我に物申したくば、まずはその気にさせてみよ！」

女の腕が動くに合わせ、すさまじい烈風《れつぷう》が巻き起こる。大海原《おおうなばら》の嵐《あらし》を思わせるそれは、意思を持った生き物のようにうねりながらアルディスへ襲いかかった。

大地がえぐれ、舞《ま》い上がった岩が砕《くだ》かれつぶてとなってアルディスの周囲を埋《う》め尽《つ》くす。

アルディスは衝撃波《しょうげきは》を全周囲に展開してそれを吹き飛ばすと、腰《こし》から二本のショートソードを解き放ち、右手でブロードソードを抜《ぬ》いた。

宙に浮《う》く剣を見て、女が天色の瞳を輝かせる。

「なるほど。それがお主の戦闘《せんとう》スタイルというわけだな？」

「本気が見たいんだろう？　見せてやるから少しはもたせろよ」

不敵に笑ってアルディスが構える。

アルディスは行商人が置き忘れた荷物の中から、短剣や小剣の類《たぐ》いを操《あやつ》り、自分のショートソードと共に展開させた。

その数は全部で十八。アルディスの周囲に切っ先を女に向けたまま浮かんでいる。

「行くぞ」

アルディスの言葉と共に、十八の刃が女に襲いかかる。同時に女へ向けて横から無色の衝撃波が三つ襲いかかった。

女はとっさに凝縮された光の線を七つ生み出し、宙を浮く刃へと放つ。光が刃を貫《つらぬ》き、高温に焼かれた金属の溶《と》ける匂《にお》いが周囲へ広がる。あわせて瞬時《しゅんじ》に展開した障壁で三つの衝撃波を減衰させながら、後方へ身をかわす。

後手にまわった女へ、息つく間も与《あた》えずたたみかけるのは宙を舞う十一の刃。

女はどこから取り出したのか、両手に一本ずつのダガーを持って迎《むか》え撃《う》つ。

一度に襲いかかる十一の刃を両手のダガーで、そして物理障壁で防ぐ。身をかわしつつ、瞬時に生み出した氷塊をぶつける。三本を落としたところで、今度は女が攻撃《こうげき》に転じた。

「では、これはどうかね?」

ふたりから少し離《はな》れた場所で轟音《ごうおん》と共に爆発が生じる。

爆発によって上空に立ち上った砂煙《すなけむり》の中から、無数の岩石がふたりに向けて降り注いだ。

大小様々な岩石が、矢のごときスピードでアルディスと十一の刃へ襲いかかった。

アルディスは直撃する岩にのみピンポイントで障壁を展開して弾《はじ》く。

しかし女に斬《き》りかかっていた十一の刃はその全《すべ》てが岩に打ち落とされてしまう。あるものは折れ曲がり、あるものは鋭さを失ってなまくらと成り下がる。

飛剣を打ち落とされても、アルディスは攻撃の手を緩《ゆる》めたりはしない。相手の女は全くの無傷で、すでに次の魔法を展開させつつあるのだ。

今度は女の周囲を囲むように七つの光球が現れ、ほんの短い時間収縮を見せたかと思うと、次の瞬間に七条の凝集光がアルディスに向けて解き放たれる。それは先ほど見せた光よりもさらに強い。

アルディスも一瞬遅《おく》れて七つの光球を生み出す。その光球は女が生み出したものと瓜二《うりふた》つ、だがわずかにアルディスの方が大きさで勝《まさ》っていた。

アルディスの光球からも七条の凝集光が出現し、女の放った凝集光に真っ向からぶつかる。

雷《かみなり》が間近で落ちたかのような轟音、視界を埋め尽くす真っ白な閃光《せんこう》、双方《そうほう》がぶつかり合った後にはこれまでと比べものにならないほどの爆発が起こった。

周囲一帯の地面がめくれあがり、膨大な量の土が舞い上がる。

視界が完全にさえぎられた中、アルディスは剣を片手に女へ向けて突進《とっしん》する。

振り下ろした剣が女のダガーに防がれて、甲高《かんだか》い金属音を奏《かな》でた。

女が風を起こして砂煙を振り払う。視界がさえぎられていようと、アルディスにはなんの支障もないのだが、女にとってはそういうわけにもいかないらしい。

追撃を二撃、三撃と繰《く》り出しながら、アルディスは女に反撃の機会を与えず、確実に追い詰《つ》めていく。

その剣撃は鋭い。

「お主、剣士《けんし》であったか！」

「正解！」

女が両手のダガーを駆使《くし》してもかろうじて防げるかという剣速、そして重さ。

さすがにここまで接近した状態で攻撃魔法は使えない。どれだけ精密な制御《せいぎょ》をしても、誤って自分を巻き込む可能性があるからだ。

いったん距離《きょり》をとればいいのだが、アルディスがそれを許すわけもない。

息つく間もなく繰り出される猛攻《もうこう》に、とうとう女の守りが崩《くず》れた。

アルディスは剣で女が左手に持ったダガーをはじき飛ばし、左手で女の右手をつかみ取る。

その瞬間、勝負はついた。アルディスのブロードソードが、その刃先《はさき》を女ののど元に突《つ》きつけていたのだ。

「これで納得《なっとく》したか？」

睨《にら》みつけるアルディスの問いかけに、女は天色の目を細めながら満足げに答えた。

「御《おん》の字《じ》だ。我が主《あるじ》よ」

アルディスの眉間《みけん》にシワがよる。

「何を言ってるんだ、あんたは？」

「そう訝《いぶか》しげな顔をするでない。紳士《しんし》は乙女《おとめ》に対してもっと優《やさ》しきまなざしを向けねばならんぞ」

上品さすら感じさせる笑《え》みを浮かべながら、女が冗談《じょうだん》めかして口にする。

女の方にもはや戦う気がないと判断したアルディスは、つかんでいた腕を放し、首へ突きつけていた切っ先を下ろす。そして剣をおさめるなり眉間を人さし指でグリグリともみほぐすと、改めて女に訊《たず》ねた。

「何が御の字だって？」

「我が主の力量が、ここまでのものとは思わなんだ。待っておった甲斐《かい》があったというものよ」

「誰《だれ》が主だって？」

「異なことを言う。お主に決まっておるではないか」

「何で俺があんたの主になるんだよ。話が全然見えないんだが」

「我々が求めるのは人の可能性。その限界。そして行き着く先に待つ未来」

女は天色の瞳《ひとみ》をまっすぐアルディスへ向けて、わけのわからないことを口にする。

「我が主は我の力を見事超えてみせた。それは我が従者として仕えるにふさわしき器《うつわ》と言えよう。ときに我が主よ」

アルディスは頭を抱《かか》えたくなった。

「主ではないが、なんだ？」

「我が主の名は？」

「………アルディスだ」

できるだけ関《かか》わり合いになりたくないと、しばし沈黙《ちんもく》したアルディスだったが、もともと女をトリア侯《こう》のもとへ連れて行くのが今回の依頼《いらい》内容である。流されるままに戦うことになってしまったが、できることなら平和的に説得して同行してもらいたかった。

すでに一戦交えた後で今さらという気がしないでもない。だがこれ以上関係をこじらせるのも得策と言えないし、名乗りすら拒《こば》むようではさすがに友好関係も築けないだろう。

そう思い直してしぶしぶと自分の名を口にした。

「そういうあんたは？」

「我に名はない。我が主アルディスに仕える従者であることが示せれば問題なかろう」

そんなわけがあるか、と心の中で指摘《してき》しながらもアルディスはかろうじて言葉を飲み込んだ。それでも頬《ほお》がピクリと引きつってしまったのは、致《いた》し方《かた》ないことだろう。

「えーと、その辺はまあ置いといて」

とりあえず、普通《ふつう》に会話が成り立つようになっただけでも前進である。――まともな話ができるかどうかは甚《はなは》だ不明だが。

アルディスはそう自分を納得《なっとく》させて、自称《じしょう》従者に話を切り出す。

「本題に入らせてもらってもいいか？」

「無論だ、我が主」

「俺はトリアの領主から依頼を受けてあんたを迎えに来たんだ。どうも領主はあんたに話があるそうで、館《やかた》への招待をしたいらしい。できるだけ早くに来て欲しいということなんだが、今から領主の館へ同行してもらうことはできるか？」

「命とあらば謹《つつし》んで」

どうにも女の物言いが理解しがたいアルディスであった。だが素直《すなお》に同行してもらえるのであれば多少の違和感《いわかん》には目をつむろうと、女の言葉を聞き流す。

「突然で悪いが、できれば今日中に戻《もど》りたい。あんたはあんたで何かここに目的があっていたのかもしれないが……」

「我が主との邂逅《かいこう》を果たした以上、この場でなすべきことは何もない。だが……」

「だが？」

「請《こ》おう、我が主よ。今しばらく、時間をもらえぬか？　意図したことでないとはいえ、この惨状《さんじょう》は我《われ》のもたらしたもの。このまま放置はできぬ」

そう言った女が首を巡《めぐ》らせて振《ふ》り返る。アリスブルーの長髪《ちょうはつ》がその動きに合わせて揺《ゆ》れた。

アルディスが女の視線を追えば、見えるのはふたりの戦闘によりえぐり取られ陥没《かんぼつ》した大地。そしていたるところへ吹《ふ》き飛ばされた大量の砂と一面に散らばる割れた岩だ。

「ああ……、確かに街道《かいどう》沿いをこの状態にしておくのはまずいな。俺にも責任があることだし、手分けして埋《う》めようか」

「いや、我が主の手を煩《わずら》わせるにはおよばぬ。我のみで十分だ」

アルディスの申し出を断った自称従者は、詠唱《えいしょう》もせず周囲の地面をならし始めた。目に見えない何かで押されるかのように、不自然な動きを見せて大量の岩と砂が地面に空いた穴を塞《ふさ》いでいく。

やれと言われればアルディスにも同じことはできる。だが、自分以外でこれを――しかも無詠唱で――実行してしまう存在に、アルディスは初めて出会った。

アルディスも規格外だが、世間一般《いっぱん》の基準からすれば女の方もやはり規格外と言っていい。

それまでアルディスとまともに戦える人間など居なかった。だが、やはり世界は広い。ただ出会わなかっただけで、きっと彼に匹敵《ひってき》する強者はまだまだいるのだろう。今回は圧《あっ》倒《とう》できたが、この女以上に手強《てごわ》い相手がいないとは限らない。

（あまりうぬぼれないよう、気をつけないとな）

いくら強くても死ぬときは死ぬのだ。

アルディスは自戒《じかい》を込めて先ほどの戦いを思い起こす。地力では自分が上だろう。百戦すれば九十九戦は勝てる。だがそれは全力でかかればの話だ。観戦する傭兵《ようへい》たちの目を気にして剣魔術《けんまじゅつ》や無詠唱での魔法を出し惜《お》しんでいれば、いつか不覚を取る日が来る。

悪目立ちしたくないがために、剣魔術と無詠唱での魔力操作はおおっぴらに使ってこなかった。しかしいつまでもそんな足枷《あしかせ》を自分で付けていると、思わぬ敗北につながるかもしれない。

「終わったぞ、我が主」

いつの間にか、作業を終えた自称従者の女が目の前で頭《こうべ》を垂れていた。

「我の方はいつでも出発できるが、どうするかね？」

女は姿勢を正すとアルディスの目をまっすぐ見て言った。

いろいろと言いたいことはあるものの、依頼の遂行《すいこう》が第一と判断し、アルディスは女を連れてトリアの街へと戻ることにした。


日が傾《かたむ》きかけたかどうかという時間帯に、ふたりはトリアの街へと到着《とうちゃく》する。アルディスはさっそく女を領主の館へと連れて行き、入り口の詰め所にいる衛兵へ用件を伝えた。

「ではその女が、例の？」

詰め所から出てきた責任者らしき中年の衛兵が、一枚の紙を片手に検《あらた》めるような視線を向ける。

「ふむ。切れ長の青い目に青みがかった長い白髪……。話にあった通りだな」

どうやら女の人相書きが手元にあるらしい。あごひげをさすりながら中年の衛兵は満足そうに言った。

「いいだろう。では中に案内するので、しばらく待っていろ。お前の方はもういいぞ、依頼の達成が確認《かくにん》でき次第《しだい》、仲介人《ちゅうかいにん》へ報酬《ほうしゅう》を預けておこう。この札が引き換《か》えの証《あかし》となるからなくさぬように」

女はこのまま館の中へと案内されるらしい。

一方でアルディスはお役ご免《めん》だ。若い衛兵から依頼達成者の証となる札を渡《わた》された。

「なんだ？　我が主は共に行かぬのか？」

女がアルディスに問いかける。

「俺の役目はあんたをここまで連れてくることだ。領主に用事などないし、そもそも向こうだって一介の傭兵に会おうなんて思わないだろう」

「それは我とて同じこと。なぜ主が用事なきところに我がひとりで行かねばならぬ」

そうこうしているうちに、館の中から案内人らしき侍女《じじょ》が現れた。

「我は行かぬぞ。領主とやらには興味もないし、この場所にも用事はない」

「おいおい、待てよ」

女がきびすを返そうとしたため、アルディスはあわてて引き留めた。

「我が主の下知《げじ》とあらば、気は進まぬが是非《ぜひ》もなかろう。だがそうでないのならここに留《とど》まる必要を感じぬ。それとも我が主、これは命か？」

アルディスには女の言い分が全くもって理解不能だったが、このまま女に帰られてしまっては報酬どころか依頼失敗とみなされかねない。かといって女の言うようにアルディスが同行するわけにもいかないだろう。

仕方ない、と諦《あきら》めのため息をつきながらアルディスは思った。

なんのつもりか分からないが、女はアルディスを主と呼んで従う様子を見せている。表面上だけでも命令を下すといった形をとれば、女も大人しく従うだろう。その後どうするかは女と領主との間で決めればいい話だ。

なにより、いい加減眠《ねむ》くて仕方がないアルディスは考えることを半ば放棄《ほうき》していた。

「はあ……、そうだよ。命令だ。領主と面会してこい」

アルディスが言うなり、女は無表情のまま恭《うやうや》しく頭を下げた。

「承知した、我が主よ」

そのまま女は案内役の侍女について館の中へと姿を消す。

アルディスはそれを見届けると、いまいちスッキリしない表情のまま街の雑踏《ざっとう》へと消えていった。

アルディスと別れ領主の館へ足を踏《ふ》み入れた女は、そのまま侍女に案内されて応接間らしき部屋へと通される。

「謁見《えっけん》の準備が整うまで、こちらでお待ちください。すぐにお飲み物をご用意いたします」

案内した侍女は女に席をすすめると、そう言ってすぐに部屋を出て行った。

女はやたらフカフカとして落ち着かないソファーに腰《こし》を下ろし、軽く室内を見回す。

壁《かべ》には写実的なタッチの絵画が飾《かざ》られ、部屋の四方へ配置されたアンティーク調のテーブルにもきらびやかなガラス細工が飾られていた。見る者が見れば、いずれの品も一流の芸術品であることが分かるだろう。

数々の芸術品、装飾《そうしょく》品はただ室内を飾り立てているだけの存在ではない。それは権力者にとって富の象徴《しょうちょう》であり、権力を具現化した結果である。この部屋に立ち入った瞬間《しゅんかん》、招待客はトリア侯から財力という無言の圧力を受けることになるのだ。

人間が社会性を持ち、集団となり、地位身分を持ち始めたはるか数万年前から続く愚《おろ》かでたくましい営みの一つであった。

女はそれを理解はしていたが、だからといって共感することはなかった。

無論、それによって女は自分が哀《あわ》れだとか不憫《ふびん》だと思ったこともない。自分には自分の使命があり、他者には他者の使命があるのだ。自分に与《あた》えられたのは戦う力、そして敵を感知する力だった。そう。例えば今この瞬間にも、こちらの様子を隠《かく》し部屋から窺っている多数の視線を探《さぐ》り当てるように。

「それで隠れているつもりとは」

小さなつぶやきを隠すように、女は供されたお茶を口にする。

あれから侍女がお茶を持ってくるまでの間、その後の時間もずっと、装飾品のわずかな隙間《すきま》を使って作られたのぞき穴から女の一挙手一投足を監視《かんし》する複数の視線があった。

トリアの領主がどのようなつもりで女を呼び寄せたのかは知らないが、少なくとも表面上では好意的な扱《あつか》いを受けている。もっとも、監視の目を向けられているからには、それを額面通り受け取るわけにもいかない。

主《あるじ》の命でなければ、このように不快な場所は早々に立ち去りたいところだった。だが一度『領主と面会せよ』との下知があった以上、従者としてそれに背《そむ》くわけにもいかず、不承不承ながらもこうして大人しく待っているのだ。

それからも結構な時間を待たされ、二杯《はい》目のお茶に口をつけたところでようやくお呼びがかかる。

「大変お待たせいたしました。謁見の準備が整っておりますので、ご案内いたします」

最初に案内をしたのとは別の侍女に連れられ、女は館の奥へと足を踏み入れた。

二分ほど歩き、両脇《りょうわき》に屈強《くっきょう》な衛兵が待機する大きな両開きの扉《とびら》までたどり着く。

「こちらへお入りください」

案内役の侍女が手のひらを差し向けるのにあわせて、衛兵が扉を両側から開いた。

ゆっくりと開いた扉の向こうに見えたのは、奥行きも幅《はば》も五十メートルはあろうかという大広間。部屋の奥は床《ゆか》が一段高くなっており、その真ん中に装飾きらびやかなイスが据《す》え置かれているが、今は空席の状態だ。女の立っている入り口から奥のイスに向けて赤い絨毯《じゅうたん》が敷《し》かれ、それを挟《はさ》み込むように部屋の左右を二十人ほどの武装した人間が並んでいた。

その雰囲気《ふんいき》に、女は目を細めた。

部屋そのものは謁見にふさわしい作りである。ナグラス王国第二の都市とはいえ、一都市の領主が所有する館としては広く、かなり贅沢《ぜいたく》な装飾がされている。

だが客人を招いたにしては少々物々しすぎるだろう。女の左右を囲むように立ち並ぶ武装した人間たち。彼らが向けてくる視線も友好的とは言いがたい。

逆に不思議なのは武装の解除を求められることもなく、検められてすらいないことだ。

女は内心の不審《ふしん》をおくびにも出さず、悠々《ゆうゆう》と部屋の中央を歩いて進む。

「そこで止まられよ」

部屋の奥から一人の男が現れた。

ゆったりとした長衣に身を包み、豊かな白髭《ひげ》をたくわえた老人が、歳《とし》を感じさせない通りのいい声で女に呼びかける。

女はその声に従い、歩みを止めて声の主に視線を向ける。老人は空席のイスに歩み寄ると、その傍《かたわ》らに立った。

老人がこの場にいる中で最上位者と判断して女が口を開く。

「領主が我《われ》との面会を望んでいると聞いたが、お主がトリアの領主か？」

礼もとらず突然《とつぜん》無礼な発言をした女に、場が色めき立つ。

「貴様！　なんと無礼な物言いか！」

居並ぶ人間の中で上座に位置する武官がツバを飛ばして叫《さけ》んだが、それを白髭の老人がたしなめた。

「控《ひか》えよ、将軍。傭兵に礼儀《れいぎ》を求めてもしかたあるまい」

「はっ……」

将軍と呼ばれた男はしぶしぶと従ったが、どう見ても納得《なっとく》したとは言いがたい表情だ。

「さて、先ほどの問いだが……。当然ながらわしはトリア侯《こう》ではない。領内の政務を預かるコスタスという者よ。まずは侯に代わってわしがお主の話を聞かせてもらおう。傭兵よ、お主の名を聞こうか？」
その問いに女は事務的な答えを返す。
「我に名など無い」
「貴様！　ふざけるのもいい加減にせよ！」
再び将軍が女に向けて怒《いか》りをあらわにする。
「ふざけてなどおらぬ。無いものは無いのだ。何なりと好きなように呼べば良かろう」
女にしてみれば、むしろふざけているのはそちらだろうと言いたかった。話があるから
と呼びつけておいて、当の本人である領主は顔を出さない上、代理で出てきた老人は言う
に事欠いて「話を聞かせてもらおう」である。
もともと女の側には用事などないのだ。一体何を話せというのか理解に苦しむ。そんな
思いが態度に表れていたのだろう。加えて名乗りもしない女に、コスタスも明らかな不満
を表情に浮《う》かべた。
「多少の無礼は大目に見るつもりであったが、名乗りすらせぬとはな……。まあいい。将
軍、早々に終わらせるとしよう」
「はっ。お任せください！」
なにやらふたりの間ではこの先の展開が事前に決まっているようだった。
改めてコスタスが女に向けて語る。

「さて、女。お主が我が領内で他《ほか》の傭兵《ようへい》を相手取って手合わせを繰《く》り返しておることは、侯のお耳にも届いておる。お主が負け知らずの強者であることもな。先日も我が領軍の中隊長がお主と剣《けん》を交えたと聞きおよんでおる」

領軍の中隊長？　と女は内心で首を傾《かし》げる。

そう言われてみれば、女を左右から囲んでいる人間の装《よそお》いには覚えがあった。あまり印象に残っているわけではないのでハッキリとはしないが、数日前に挑《いど》んできた男が似たような装備をまとっていた気がする。

「しかしだな、トリア領軍の中隊長ともあろう者が、旅の傭兵、しかも女に一太刀《ひとたち》も浴びせることなく軽くあしらわれたなどととうてい信じられぬ。そのようなことが起こるものであろうか？　いや、そのようなことはあってはならぬのだ。あるわけがない。とはいえ人の噂《うわさ》には尾《お》びれ背びれがついてしまうもの。一度事実を確と明らかにした上で、領民に正しく伝えることが為政《いせい》者としての務めであるとは思わんかね？」

あれこれと言い連ねているが、ようするにコスタスが口にしているのは『領軍の中隊長が流れの傭兵に負けた事実をもみ消すために、当の傭兵を呼び寄せてホームグラウンドで叩《たた》きのめす』という宣言だった。

領主が面会を望んでいるというのはただの方便だったのだろう。

「ふむ。それではさっさと終わらせようではないか」

「ほう。まんざら馬鹿《ばか》でもないようだが……、我が領軍の精鋭《せいえい》相手に勝てるとでも思っておるのか？」

コスタスが正解とばかりに応《こた》える。

その言葉を聞き流すと、女は懐《ふところ》に手を忍《しの》ばせながら言った。

「それで？　誰《だれ》が相手となるのだ？　お主も含《ふく》めた全員ということで良いのか？」

コスタスに代わって将軍と呼ばれた男が口を開いた。

「誇《ほこ》り高き領軍の戦士がひとりを囲むがごとき卑怯《ひきよう》な真似《まね》はせん！　デッケン！　出ろ！」

将軍の指名を受けた若い戦士がひとり前に出た。戦士は赤みがかった茶髪《ちゃぱつ》を短く刈《か》り込み、領軍の制式装備に身を包んでいる。やや目つきが鋭《するど》すぎるものの、やわらかな笑《え》みさえ浮かべれば町娘を虜《とりこ》にしそうな顔立ちであった。

おそらくはこの中で一番の手練《てだ》れ。女の目にもなかなかの実力を持った人物と映る。

だがそれはあくまでも一般《いっぱん》的水準からすればの話だ。当然ながら女やアルディスの域にははるかにおよばない。

「心配せずとも命までは取らぬ。が、少々の怪我《けが》は覚悟《かくご》してもらおう」

鞘《さや》から細身の剣を抜《ぬ》き、構えながらデッケンと呼ばれた男が宣言した。

「こちらも真剣を使って良いのか？」

「当たり前だ。そのために武装を許したままで通したのだ。丸腰の女相手に業《わざ》を誇るほど恥知《はじ》らずではない」

だから使い慣れたものを用いるがいい、とデッケンは言う。

武装の解除を求められなかった理由は分かったが、一方で女には相手の思考がどうにも理解できなかった。自分たちの領域へと呼び出し、ひとりの人間を大人数で囲んでおきながら「恥知らずではない」などと片腹痛い。厚顔無恥《こうがんむち》とはこのことだろう。

女は懐から一本のダガーを取り出すと、それを右手に握《にぎ》る。

腰を落として剣を構えるデッケンに対し、女は武器こそ握ってはいるものの棒立ちだ。

「行くぞ！」

デッケンがかけ声と共に一歩踏《ふ》み出して、先制の一撃《いちげき》を加える。

女はふわりと体を傾《かたむ》け、その突《つ》きをギリギリのところでかわす。

「やるではないか！」

いちいち口にしながらデッケンは二の太刀、三の太刀を振《ふ》るうが、その刃《やいば》は今一歩のところで女に届かない。

女はふらりふらりとつかみ所のない動きでデッケンの攻撃《こうげき》を避《さ》ける。それはまるで風に揺《ゆ》られるススキの穂《ほ》を思わせた。

やがて連続で攻撃を繰り出すデッケンに疲《つか》れが見え始めた。いくら攻《せ》め続けても攻撃が女へ届かないことに苛立《いらだ》って声を荒《あら》らげる。

「いつまでそうやって逃《に》げ回るつもりだ！　反撃する余裕《よゆう》もないか！」

距離《きより》を置き、肩《かた》で息を整えながら女に向かって言った。

「ほう。もう満足したのかな？」

女はそれをギブアップ宣言と取った。

「ではこちらから行くぞ」

そう言いながら、女が床を蹴《け》る。

「なっ！　どこへ……！」

デッケンが女の姿を見失う。

次の瞬間《しゆんかん》、女の持つダガーがデッケンの持っている細身の剣をはじき飛ばす。

剣は放物線を描《えが》き、数メートル先の床へと不愉快《ふゆかい》な衝突《しようとつ》音と共に落ちた。

「まだ戦う意思はあるかね？」

飛んでいった剣に目を奪《うば》われた一瞬の隙に、デッケンののど元へ女の持つダガーが突きつけられる。

「あ……、いや……」

彼にしてみれば何が起こったか理解できなかっただろう。女の踏み込み、瞬発力、そして一瞬で死角に潜《もぐ》り込む技術。何ひとつデッケンのレベルで到達《とうたつ》できる領域ではないのだ。

「まさか、デッケンが……」

将軍が唖然《あぜん》とした表情でつぶやいた。

「さて、これで納得していただけたかな？」

あくまでも不遜《ふそん》な態度を崩《くず》さず、女が言い放った。

「それとも、まだ承伏《しようふく》しかねるかね？　であれば、全員でかかってきてもらっても良いが？」

「ぬぅ……、言わせておけば！」

立ち並ぶ戦士たちはみな、納得からはほど遠い表情である。特に将軍にいたっては今にも飛びかからんばかりに顔を赤く染めていた。

女が継戦《けいせん》を覚悟した時、新たな声が割り込んできた。

「やめよ、将軍。これ以上は不要だ」

「フレデリック閣下！」

将軍をはじめとして、女以外の全員が声のする方へと体を向けて直立不動になる。

全員の視線を追って女が目を向けた先には、部屋の奥から進み出てくる男の姿がある。

年の頃《ころ》は四十手前。日頃の不養生が腹のまわりに過剰《かじよう》な贅肉《ぜいにく》として現れていた。瞳《ひとみ》には知性の光が宿っているものの、女にはその光が薄暗《うすぐら》く濁《にご》っているように感じられる。

「手並みは十分見せてもらった。見事だ」

誰に向けてのものか分からない賞賛を口にしながら、フレデリックと呼ばれた男が空いていたイスへと腰《こし》を下ろす。それによって彼がこの館《やかた》の主《あるじ》、つまりトリア侯爵《こうしゃく》であることを示していた。

重そうな体をイスにのせ、侯爵が鷹揚《おうよう》に告げる。

「そこの女、噂に違《たが》わぬ凄腕《すごうで》だな。気に入ったぞ。今日から私に仕えるがいい」

女の意向などお構いなく、勝手にその処遇《しょぐう》を決め始めた。

「それだけの力量があるならば、すぐにでも中隊長を……。いや、よく見ればなかなか見目麗《うるわ》しいではないか。いっそのこと私の護衛につくか？　うむ、それがいい。戦場に側室は連れて行けぬが、お前なら護衛を兼《か》ねて伽《とぎ》の役目も果たせよう」

色欲丸出しの笑みを浮かべながら、フレデリックが一方的に口を開く。

もちろんそれを止める者はこの場にいない。コスタスも将軍も、もちろん他の兵士たちにも侯爵の言葉へ口を挟《はさ》もうとする不作法者はいないのだ。

ただしこの場にいる唯一《ゆいいつ》の異分子、不快な表情を浮かべる女だけは別だった。

「何を言っておる。我はお主に仕える気などないぞ」

その無礼な物言いへ、真っ先に反応したのは将軍だ。

「な、貴様！　閣下に向かってなんという口のきき方だ！」

もともと敵意だらけだった室内に、さらなる不穏《ふおん》な空気が充満《じゅうまん》し始める。

当然閣下と呼ばれた男も心穏《おだ》やかではいられないのだろう。

「今なんと言ったか、女？　私に仕える気がないと言ったか？」

「すでに我《われ》には仕える主がおる。お主が我が主を上回る剛《ごう》の者というのであれば話は別だが、とてもそうは見えぬ」

そう言い放ち、女はきびすを返してその場を立ち去ろうとした。

「ま、待て！　どういうことだ？　お前はここへ仕官のために来たのではないのか？」

足を止め、首だけで振り向いた女が天色の瞳をフレデリックへ向けて言った。

「我が主より受けた下知はこの館にてお主と面会すること。それゆえここまで来たが、こうして対面し言葉を交《か》わした以上、その命も果たされた。すでにここに留《とど》まる必要はないでな、これで帰らせてもらおう」

予想外の反応に、イスから腰を浮かせかけたフレデリックは、呆然《ぼうぜん》とした表情のまま女の後ろ姿を見送った。


予想よりも仕事が早く片付いたアルディスは、帰り道に馴染《なじ》みの武器屋へ立ち寄る。女との戦いで失ったショートソードの補充《ほじゅう》をするためだ。

店頭に並ぶ数打ち物をとりあえず二本買い、同時に『重鉄』で作るショートソードを二本注文しておく。その後もいくつかの店へ顔を出し、日用品や雑貨を購入《こうにゅう》して半日ぶりの家へ戻《もど》った。

「アルディス、おかえり」

「アルディス、遅《おそ》い」

家に入るなり、プラチナブロンドの髪《かみ》を揺《ゆ》らしながらトテトテと双子《ふたご》が駆《か》け寄ってくる。今となってはアルディスに怯《おび》えたような表情を見せることもない。

「ただいま。フィリア、リアナ」

いまだに見分けがつかない双子へ帰宅のあいさつをして、その頭を軽く撫《な》でる。

「今日はね、フィリアたちお昼ご飯作ったよー」

「リアナたちサンドイッチ作ったのー」

「そうか、うまく作れたか？」

「全然ー。おいしくなかったー」

「失敗ー。残念無念ー」

ふたりは歳《とし》のわりに言葉数が少ない。おそらくそれはずっと抑圧《よくあつ》された環境《かんきょう》に身を置いていたせいだろう。だがここ最近、少しずつだが明るい表情を見せ始めていた。

アルディスにしてみても、最初は義務感からとはいえ面倒《めんどう》な荷物を抱《かか》え込んでしまったという意識があったが、今では当たり前のように双子との生活を受け入れている。双子と暮らすことがごく自然な日常となり、その存在をそばに感じることが自分の居場所を確固たるものにしている気がした。ただ、それをなんと呼べばいいのか、今のアルディスにはわからない。

「アルディス、晩ご飯作るー？」

「アルディス、お腹《なか》すいたー」

「まだ早い気もするが……、まあいいか。じゃあふたりとも手伝ってくれ」

何気ない会話が交わされる平穏。偶然《ぐうぜん》手に入れたそんな安寧《あんねい》の時間へ、頼《たの》みもしないのに割り込んでくる影《かげ》がひとつ。

それはアリスブルーの長い髪を持つ人間の姿をしていた。

「なぜあんたがここに居る？」

双子と一緒《いっしょ》に食事の準備を終えた頃、家の玄関《げんかん》をたたく音に顔を出したアルディスは、不機嫌《ふきげん》さを隠《かく》そうともしない。

玄関先に立っていたのは白いフード付きの長衣をまとった女。数時間前に領主の館へと連れて行った相手だった。

「命を果たしたゆえその報告に来た」

「命……？」

「はて？　領主へ面会して来いと言ったのは我が主ではないか？」

首を傾《かし》げて問うアルディスへ、同じように首を傾け女が返答する。

確かにそんなやりとりがあったような気もするが、あれはあくまでも領主と面会させるための方便だ。命令を果たしたと報告を受けたところで、アルディスは何と対応すればいいのかさっぱり分からない。

「あー、そう……。ご苦労さん。それじゃあ俺はこれで」

領主の館へ連れて行ったことで、アルディスは依頼《いらい》をすでに達成している。これ以上、この女に関《かか》わる必要などどこにもない。

むしろ厄介《やっかい》事の気配を感じ取り、玄関を閉めようとする彼に女が言う。

「次なる下知はあるかね？」

「…………ない」

「ならば我が主の身辺警護と介添《かいぞ》えに専念させてもらおう」

閉めようとした扉《とびら》に手をかけて女が言う。

「はあ？」

もしかして自分は一晩の宿を強請《ゆす》られているのだろうか、とアルディスは思った。

確かに突然《とつぜん》トリアまで連れてきたのはアルディスである。女にしてみれば勝手な都合で振り回されたのだから、一晩の宿くらい世話をしろと言いたくなるのも分からないでもない。

だが、アルディスはあくまでも依頼を請け負《う》っただけだ。領主の館へ連れて行った後は、むこうが責任を持って女に応対するべきだろう。単なる使いっ走りのアルディスが女の面倒を見るいわれはない。

ましてや家の中には双子がいるのだ。いくら街の住人ではないとはいえ、今の段階で赤の他人に少女たちの存在を知られたくはない。

「金がないなら一晩の宿代くらいは出してやる」

「金には困っておらん。だが、離《はな》れた場所に居てはいざというとき間に合わぬ。主の側《そば》に付き従うが我の務めであろう」

「……どっちにしてもあんたを家に入れるつもりはない」

「承知した。では表にて警護にあたろう」

思いのほかあっさりと引き下がった女は、そのまま身をひるがえしてアルディスの前から立ち去る。

わけがわからないままその姿を見送ったアルディスは、念のため朝まで効果の続く防壁《ぼうへき》を家全体に展開し、双子が待つリビングへと戻っていった。

アルディスの朝はベッドの中で抱《だ》きついている双子を起こさないよう、そっと抜《ぬ》け出すところから始まる。双子用の部屋も用意しているのだが、どうにもアルディスのベッドに潜り込んでくるのをやめる気配がない。

怖《こわ》がられているよりは何倍もマシか。アルディスは子供特有の熱い体温を感じながら、そう苦笑《くしょう》せざるを得ない。アルディスの腕をギュッとつかんで放さないその様子を見れば、無下に振《ふ》り払《はら》うこともできなかった。

やがて朝食の準備を進めるうちに、寝《ね》ぼけまなこをこすりながら双子がリビングへとやって来る。

「アルディス、おはよー」

「おはよう、ふたりとも。メシの準備はもうすぐ終わるから、座って待ってろ」

「ふぁーい」

あくびと返事を同時にしながら、のそのそとイスにあがるふたり。アルディスはそれをチラリと確認《かくにん》して、朝食の準備へ戻る。

それから数分。準備を終えたアルディスは、双子と共に朝食をとり始めた。

朝食のメニューは根菜のスープに燻製肉《くんせい》と葉野菜を挟んだパンだ。いたって簡単な料理だが、これでもアルディスにしては頑張《がんば》った方である。アルディスひとりだけなら燻製肉とパンだけですませているところなのだから。

「熱っ！」

フィリアが木匙《さじ》から舐《な》めるようにスープを口へ運ぶ。最近わかってきたのは、双子でもそれぞれ個性があるということだ。フィリアはどうやら猫舌《ねこじた》らしく、いつもスープを飲むのに苦戦していた。

「ゆっくりでいいから少しずつ冷まして飲め」

一方でリアナはややのんびりとしたところがある。フィリアに比べるといつも食べ終わるのが遅かった。今も小さな両手でパンを持ち、口元へ運んではハムハムとかじっているのだが、アルディスの目にはパンの大きさが一向に変わっていないように感じてしまう。一心不乱にパンをかじるその姿は、森で見かける小型の齧歯類《げっしるい》を思わせて微笑《ほほえ》ましい。

数ヶ月前まで想像すらできなかった穏やかな時間が流れる食卓《しょくたく》。窓から差し込む朝の光と新鮮《しんせん》な空気が、この平穏をさらに心地《ここち》よく感じさせてくれる。

――――家の側に存在する人間の気配さえなければ。

「ねえねえアルディス、門のところに女の人が居るよ」

「ねえねえアルディス、白い髪の人ずっとあそこに居るよ」

朝食の支度《したく》をする間ずっと表を観察していたらしい双子が、食器を片付けているアルディスに報告してくる。どうやら女は一晩中、門番よろしく家の入り口横に立っていたらしい。存在そのものはアルディスも昨晩から気づいていたが、家に侵入《しんにゅう》してくるでもなく、特に危害を加えてくるでもなく、ときおり周囲を巡回《じゅんかい》する以外はずっと立ち続けているようだった。

アルディスは昨日女が口にしていたことを思い返していた。本人は警護だなどと言っていたが、まさか本気で家の警護をするつもりなのだろうか。

「我が主《あるじ》……、ねえ」

得体の知れない人間が家の周囲をうろついている以上――実際には入り口に張りついているわけだが――、双子を残して外出するのには不安が残る。

だが、それは杞憂《きゆう》だとすぐに判明した。

「我が主よ、外出するのか？　ならば供をしよう」

アルディスが出歩く際に、女が付き添うようになったからだ。

これにはアルディスも少なからず胸をなでおろした。家に残る双子の心配をする必要がないなら、後はアルディス自身の問題である。確かに女の力は侮《あなど》れないが、たとえ敵対的な行動を見せても油断さえしなければ不覚を取ることもないだろう。

ただ、出先でうかつに昼寝ができなくなったのは残念な話であった。

それからというもの、女はアルディスの狩《か》りへも勝手に同行し始める。

釈然《しゃくぜん》としない気持ちはあっても、女が同行しての狩りは順調で非常に効率のいいものだった。戦うだけならアルディスひとりでも十分なのだが、素材の回収作業となればそうもいかない。人手がひとり分増えただけでも、その効率は大幅《おおはば》に改善されるのだ。

あるときは草原に出かけて獣《けもの》を狩り、あるときは魔物《まもの》を狩りに森へ入る。最初は用心して女との間に一線を引いていたアルディスだったが、そんな日々が続けば少しずつ警戒《けいかい》も薄《うす》れていく。

少なくとも女はアルディスに対して敵対的な行動や態度を見せていない。それどころか積極的にアルディスの仕事をサポートしてくれる。

もともと命のやりとりを生業《なりわい》にし、常に死と手を取り合っているような傭兵稼業《ようへいかぎょう》だ。何日も行動を共にしていると、徐々《じょじょ》に信頼感のような気持ちも生まれ始める。街で平穏《へいおん》に暮らしている人間たちとは時間の流れが違《ちが》うのだ。アルディスが女に対して、『傭兵仲間としては危険を共にできる』くらいには親しみを覚え始めたそんなある日。

その日は朝から雨が降っていた。

「アルディス、雨降ってるよー」

「アルディス、今日もお仕事ー？」

双子《ふたご》の声にアルディスが窓から外をのぞけば、空は一面の暗雲に包まれている。いつもなら朝日が差し込む家の中も湿《しめ》った空気が漂《ただよ》っていた。

「ああ、久しぶりの雨だな。うーん、今日は休みにするか」

しばらく降り続けるだろうと判断したアルディスは、今日の狩りを中止することにした。

「やったー！　アルディス遊ぼ！」

「本読んで！　本！」

「わかったよ。片付けが終わったらな」

はしゃぐ双子へ苦笑しながら言い聞かせると、アルディスは手早く朝食の準備をすませた。

いつもより少しだけテンションの高い双子と共に食事を終え、流しで食器を片付けていたアルディスは、パタパタと足音を立てて駆《か》け寄って来た双子に後ろからズボンを引っぱられる。

何事かと振り向くと、ふたりは窓の外を指さして言う。

「アルディス、女の人びしょ濡《ぬ》れだよ」

「アルディス、白い髪《かみ》の人かわいそうだよ」

双子に手を引っぱられ、門が見える窓へと寄って外を見れば、白いフードをかぶって立ったまま雨に打たれる女の姿が目に映った。

「女の人お家ないの？」

「白い髪の人ベッドないの？」

フードの濡れ具合からすると夜半には雨が降り始めていたのだろう。雨の日くらい宿に泊《と》まればいいものを、とあきれながらアルディスは推測した。

「女の人濡れたままだよ？」

「タオル持って行ってあげないの？」

窓から外を見ていたアルディスに、双子が大きめのタオルを持ち出して差し出す。おそらく持って行け、と言いたいのだろう。

口をつぐみ部屋のすみで怯《おび》えるだけだった頃《ころ》と比べ、他人を思いやることができるほどになった双子を見て、アルディスの頰《ほお》が思わず緩《ゆる》む。だが一方で、双子をどのタイミングで外の世界へ連れ出せばいいのか判断に迷っている。いつまでもアルディスが匿《かくま》っているわけにはいかないのだ。

「ま……。とりあえずはあの女が先か」

アルディスはタオルを受け取ると、ひとり玄関《げんかん》から外へと出た。

女は門の横で微動《びどう》だにせず立っている。事情を知らない者が見れば、何かの罰《ばつ》ゲームか虐待《ぎゃくたい》を受けているようにしか見えないだろう。

「おい、いつまでそうやってずぶ濡れでいる気だ？」

「良き朝だな、我が主よ」

すました顔で女が言う。

「雨の日くらい宿に泊まればいいだろう。別に家の警護なんて頼《たの》んだ覚えはないんだし」

「気にするな。この程度であればなんら問題もない」

フードからこぼれ出る濡れた髪に水滴《すいてき》を垂らしつつ女が言う。

「そう見えないからこうして俺が来てるんだろうが、まったく……。ほら、これ使え」

ぶっきらぼうにタオルを差し出すと、女は両手でそれを受け取った。

「我が主の心遣《こころづか》いに感謝する」

そう言いながら女はフードの中へタオルを差し込み、濡れたアリスブルーの髪を拭《ふ》き始めた。目を閉じてまつげに水滴を浮《う》かべるその姿は、一流の絵師が描《えが》いた美人画にも劣《おと》らぬ可憐《かれん》さを見せる。アルディスは一瞬《いっしゅん》、相手への警戒心を置き去りに見惚《みと》れてしまう。

だが次いで女が口にした言葉は、彼の身を硬直《こうちょく》させるのに十分な驚《おどろ》きの内容だった。

「幼き双子たちにも礼を伝えておいて欲しい」

その瞬間、アルディスの黒い瞳《ひとみ》に警戒の光が浮かぶ。

「……おい、女」

「何かな、我が主よ」

剣呑《けんのん》な雰囲気《ふんいき》をまとったアルディスの視線を、真っ正面から受け止める女。

「今、双子と言ったか？」

「確かに言ったが、それが何か？」

瞬時にアルディスの警戒レベルが引き上げられる。双子の存在を女に明かした憶《おぼ》えはないからだ。

「なぜ双子が居ると考える？」

「これは異なことを。そのようなこと気配を探《さぐ》れば分かるではないか。警護対象の人数すら把握《はあく》できぬほど未熟では従者を名乗る資格もないであろう」

女はそれがどうしたと言わんばかりの口調だ。

「では訊《たず》ねるが、この家に俺を含《ふく》めて何人の人間が居るか分かっているのか？」

「無論。我が主と幼き双子の三人であろう？」

「なぜ双子だと言い切れる？」

「魔力の色も形も大きさも完全に一致《いっち》しておる。そのような存在、普通《ふつう》は双子以外にあるまい」

「……」

アルディスは無言で女の目を睨《にら》む。天色の瞳に表情の消えたアルディスの顔が映っている。

この数日を共に過ごし、女がアルディスに敵意を持っていないことは分かっていた。アルディスを「我が主」と呼び、自らを「従者」とする女の意図は分からないが、少なくとも敵対するつもりはないらしい。

しかしだからといって双子の存在を明かしていいのか、アルディスには判断がつかない。女の言っていることを信じるなら、すでに双子の存在は知られている。しらを切るべきか、それとも逆にこの女を味方へ引き込むべきか。アルディスは迷った。

迷った末に、一歩踏《ふ》み込んだ問いを投げかける。

「…………あんたは女神《めがみ》という存在を、……どう思う？」

「『どう思う』とは、ずいぶんと抽象《ちゅうしょう》的な問いかけよな。おまけに唐突《とうとつ》だ」

「……」

「ふむ。どう思うと言われても、おらぬ者に対して何を思うことがあろうか。意味のない問いかけであろう」

「おらぬ者？　女神がか？」

「女神に限ったことではない。おらぬよ、神などという者は。少なくともこの星にはな」

「ホシ？　なんだそれは？」

「大地、海、空。それら全《すべ》てをあわせた世界のことよ。そのいずれにも神はおらぬ。はるか彼方《かなた》にはもしかするとおるのかもしれぬ。だが少なくとも人間がたどり着ける限りの場所にそんなものはおらぬよ」

驚きにアルディスは目を見張る。

女神の存在を疑う者などいない。それどころか女神やその使徒が直接介入《かいにゅう》してくるこの世界で、その存在を真っ向から否定する人間など、アルディスは自分以外に知らない。いたとしてもきっとそれは、世の中の大部分からは理解されることがない価値観の人間だろう。

アルディスは意を決して口にする。

「だったら教会の人間が信仰《しんこう》している女神とはなんだ？」

「さてな。会ったこともない人間のことなど知らぬ」

女の口からはさらりと女神を否定する言葉が出る。

「どうもその自称《じしょう》女神とやらは双子を忌《い》み嫌《きら》うという話だが……、双子など妊婦《にんぷ》が百人いればひと組くらいは生まれてくるもの。神がおろうとおるまいと、それは変わらぬ自然の摂理《せつり》。双子だからと忌み嫌うのはあまりに幼き心のありようよ。心配せずとも双子のことは他言せぬし、我が主の庇護《ひご》する者であるというなら我《われ》にとっても守るべき者。害が及《およ》ばぬよう力を尽《つ》くそう」

「……その言葉、誓《ちか》えるか？」

女はおもむろに白いフードを外すと、アルディスへ天色の瞳を向ける。

「誓おう、我が主《あるじ》よ。我が生みの親と我が使命にかけて」

降り注ぐ雨に打たれ、あっという間に濡れた顔で女が宣言した。

「……わかった。その誓い、信じよう」

沈黙《ちんもく》を挟《はさ》み、やがてアルディスが表情を和《やわ》らげる。

「ひとまず家に入れ。あんたも俺もびしょ濡れだ」


水をしたたらせながらアルディスと女がリビングへと足を踏み入れる。

普段なら帰ってきたアルディスの足へ飛びついてくる双子だが、今回ばかりは事情が違う。数日間遠目に観察していたとはいえ、見知らぬ人間がひとりやってきたのだ。ふたりはソファーの陰《かげ》に隠《かく》れ、チラリチラリと女の様子を窺《うかが》っていた。

「ふたりとも、新しいタオルを持ってきてくれるか？」

「我が主、それにはおよばぬ」

言うやいなや、女は自分とアルディスの服から水分を抜《ぬ》き取り、温風を送ってすぐに乾《かわ》かす。

　それを見ていた双子の瞳に好奇心《こうきしん》の光が宿る。

「すごいね」

「びっくりしたね」

「魔法《まほう》かな？」

「魔法だね」

「バッて乾いたよ」

「ビュって吹《ふ》いたよ」

「あの女の人、魔法使いだね」

「アルディスと同じだね」

　ささやき声で応酬《おうしゅう》しあう双子をよそに、女は姿勢を正して言う。

「我が主、あの双子を我に紹介《しょうかい》してはくれぬか？」

「ああ。あいつらは見ての通り双子の女の子で、名前は右にいるのがフィリア、左にいるのがリアナだ」

　最近ようやく見分けがつくようになったが、それでも一瞬間違《まちが》えそうになるアルディスだった。

「フィリア、リアナ。こっちは――」

そこまで口にしかけてアルディスが止まる。

「そういや、あんたの名前聞いてないな」

依頼《いらい》で領主の館《やかた》へ連れて行くときは気にしていなかったが、さすがに名前も知らない人間を双子《ふたご》へ紹介するわけにもいかない。むしろ、この数日間名前も聞かずにずっと「あんた」ですませていたのはアルディスの失態だろう。

「以前も言ったが、我に名はない」

「いや、あれ冗談《じょうだん》じゃなかったのか？」

「主に対して戯《たわむ》れで名を隠したりなどせぬ」

「え……、それじゃあ本当に名前がないのか？」

「だからそう言っておろう」

「そ、そりゃそうだけど……。じゃあ何て呼べばいいんだよ？」

「我が主の好きなように呼べば良い。今まで通り『あんた』でも一向に構わぬ」

「いや、それおかしいよな」

ふたりだけのときならともかく、他人へ紹介するときに「こちらはあんたさんです」と言うわけにはいかない。アルディスの主張はしごく真っ当なものだったが、女は意にも介さない様子だ。

さすがにそれはまずいだろう、ということで急きょアルディスは女の呼び名を考えるはめになった。

「あの人、名前ないの？」

「名前ないんだって」

「じゃあ名無しさんだ」

「名無しさんなの？」

「名無しじゃないの？」

「名前ないから名無し？」

「だから名無しさん」

「名無しさんっていう名前なの？」

「名無しさんっていう名前かな」

「だったら名前あるよね？」

「あれ？　ホントだ」

「名前あるから名有るさん？」

「名有るさんだね」

「うん、名有るさんだ」

ソファーの後ろで双子がささやきあっている。

さすがに『名無し』さんや『名有る』さんでは嫌《いや》がらせとしか思えない。

「名無し……、ネームレス……、ネーレ……」

アルディスは、『名無し』から古語の響《ひび》きをとって『ネーレ』という名を思いつく。

もうこれでいいんじゃないかと、半分自棄《やけ》になりながらアルディスは口にした。

「よし、今日からあんたのことはネーレと呼ぶ。構わないか？」

「承知した、我が主よ。では我は今日よりネーレと名乗ろう」

女──ネーレが逡巡《しゅんじゅん》もせずにそれを受け入れる。

そんなにすんなりと受け入れていいのだろうか。アルディスはそう思わないでもないが、結局は面倒《めんどう》を避《さ》けたい気持ちが打ち勝った。

「アルディスが従者、ネーレだ。先ほどのタオルはお主らの心配りであろう。感謝するぞ」

ソファーの後ろから顔を半分出して様子を窺っていた双子へ、ネーレがつけられたばかりの名を口にする。

双子の方はというと、やはり好奇心よりも初対面の人間に対する警戒心《けいかいしん》が勝《まさ》ってしまうのだろう。アルディスが側《そば》に居るので逃《に》げ出したりはしないが、さすがにいきなり近づこうとはしない。

「ふむ、まあよかろう。気長に慣れてくれるのを待つとするか」

ネーレの方も無理やり距離《きょり》を縮めようとは考えていないらしい。

「それはそうと、何でタオル持っていったのが双子の心配りだと思ったんだ？」

「この七日間、我が主が我を観察していたように、我も我が主を見ていた。もちろん我が主が我に警戒心を持っていたことも気づいておった」

珍《めずら》しくニヤリと笑いながらネーレが確信したように言う。

「我が主は明確な敵や、敵になるかもしれぬ相手の体を労《いたわ》るような甘さは持っておるまい？」

アルディスはそれを否定しない。

確かにこの数日でネーレが傭兵《ようへい》として信頼に足る相手であることは分かっていた。だがそれはあくまでも傭兵としての一面であり、それと忌《い》み子に対する価値観とは別物である。たとえ傭兵として認め合っていても、双子に対する悪意や害意をみせるのであれば、彼女はその瞬間《しゅんかん》アルディスの敵となる。

しかしネーレが女神《めがみ》を否定した今、アルディスにとって彼女は限りなく味方に近い人物であると言えた。

今後はタオルのひとつくらい差し出してやってもいいがね。アルディスはそう心の中だけで軽口をたたいた。

第三章

グラインダー討伐

「いや、それおかしいよね。アルディス」

あきれたようにノーリスが言った。

ここはトリアの歓楽街《かんらくがい》にある一軒《いっけん》の酒場。そのテーブルをひとつ専有して、アルディスはテッドたち『白夜《びゃくや》の明星《みょうじょう》』のメンバーと会っていた。

半月におよぶ遠出の旅を終え、依頼を完遂《かんすい》させたテッドたちが帰ってきたのは昨日のこと。彼らからの呼び出しを受け、ひとり酒場に赴《おもむ》いたアルディスが近況《きんきょう》を報告するなりノーリスが疑問を呈《てい》した。

「何がだ？」

逆にアルディスが問い返す。

改めてアルディスは以前テッドたちと別れてからのことを話し始めた。

テッドたちから紹介された依頼を受け、ネーレを迎《むか》えに行ったところで戦いになったこと。領主の館へネーレを連れて行き、依頼を達成したこと。その後ネーレにつきまとわれたこと。やむを得ず臨時のパーティを組んで狩《か》りを行っていたこと。ネーレが双子に対する偏見《へんけん》を持っていなかったため、積極的に連れ立って仕事をこなしていること。どうしても宿に泊《と》まろうとしないネーレが、現在アルディスの家に滞在《たいざい》していること——。

「だからそこがおかしいって」

ノーリスがたまらず口を挟《はさ》む。

「おかしいか？」

「おかしいよ」

「ネーレにはあいつらへの偏見がない。だからあいつらにも身の危険はないと思うが」

「いやいや、そういう問題じゃねえだろ」

テッドが横から会話に割り込んできた。

「そのネーレって女があいつらへ偏見を持ってねえんなら、それは確かにいいことかもしれねえ。だが、その女があいつらに接触《せっしょく》しても大丈夫《だいじょうぶ》、ってのと同じ家に住んで寝食《しんしょく》を共にするってのはまた別の話だろうが」

「そうねえ。さっきから話を聞いてて私も奇妙《きみょう》な感じがするわ。あの子たちに悪意を持っていないというのも、傭兵として信頼できるというのもいいけれど、家に居候《いそうろう》させるのは全然関係ないんじゃないの？」

三方から指摘《してき》を受け、アルディスはふと考える。

ネーレは傭兵として信頼に足る。それはここしばらく共に行動していてアルディス自身が下した評価だ。また彼女は双子に悪意や敵意を持っていない。だから双子の存在を隠《かく》し通す必要に迫《せま》られない。

だが確かにテッドたちの言う通り、『だからといってアルディスの家に招き込む』必要などどこにもなかった。

「なるほど……、そう言われてみれば……」

言われてみればもっともな話だ。

アルディス自身、双子を悪意から守ることばかりに意識が向いていたらしい。ネーレが女神を否定した驚《おどろ》きに、それ以外の考えが一時的とはいえ吹《ふ》き飛んでいたのだろう。雨宿りという一時的な措置《そち》が、そのままネーレの居候という形に姿を変えても疑問すら持たなかった。

最近では双子もネーレに慣れつつある。会話はないものの、同じテーブルで食事をするくらいには距離が縮まっていた。

「まあ、あいつらも慣れてきてるし、いいんじゃないかな？」

「いいのかよ！」

テッドがすかさず突《つ》っ込む。

アルディスにしてみれば敵対的な行動さえとらなければ問題ない。

本気かどうかは知らないが、ネーレはアルディスを主《あるじ》と仰《あお》いで付き従っている。敵対どころか協力的な傭兵、しかも双子に対する悪意がない。となれば排除《はいじょ》する理由がアルディスにはないのだ。

「うーん……。アルディスがそれで納得《なっとく》してるんなら、僕らがどうこう言うべきじゃないのかもね」

いまいち納得できないといった表情のテッドに比べ、ノーリスはあっけらかんとした態度だ。もともと彼は他人にあまり干渉《かんしょう》するタイプではなかった。

「それはそうと、アルディス。例の話は聞いたかな？」

「例の話って、グラインダーが降りてきたってやつか？」

「そう、それ」

それはここのところトリアの酒場を騒《さわ》がせている話題だった。

カノービス山脈に生息する『グラインダー』という魔物《まもの》がトリア周辺の草原で頻繁《ひんぱん》に目撃《もくげき》されているという。目撃証言は多岐《たき》にわたり、噂《うわさ》は傭兵だけでなく一般《いっぱん》市民の間にも広まっているようだった。

「知ってはいるが……。あれ、信憑性《しんぴょうせい》あるのか？　グラインダーが山脈から降りてくるなんて聞いたことがないぞ」

眉唾《まゆつば》とばかりにアルディスが言う。

「にわかには信じがたい話だけど、それにしては目撃者が多いらしいよ。それに原因らしきものも見当はついているらしい」

「原因っつーのは？」

テッドが口を挟む。

「ここ最近、魔物や肉食獣《にくしょくじゅう》に襲《おそ》われる傭兵が減ってるらしいね。安全に狩りができるから新米の傭兵たちにとっては嬉《うれ》しい話なんだろうけど、もし実際に魔物や肉食獣の数が減っているなら……」

「減ってんなら、どうだってんだ？」

「捕食《ほしょく》者がいなくなった分、獲物《えもの》になる獣《けもの》も減りにくくなる。もちろんそう簡単には増えないだろうけど、捕食されて減る数が少なくなったんだ。その分、以前よりも多くの草食動物が草原にはあふれることになるよね？　グラインダーがわざわざカノービス山脈から遠出してくるだけの魅力《みりょく》ある狩り場になっちゃった、って考えてる人もいるみたいだよ」

もしノーリスの聞いてきた話が本当だとしたら、責任の一端《いったん》はアルディスにあるのかもしれない。

もともとアルディスひとりでも草原で魔物や肉食獣を多数狩っていたのだ。さらにネーレと行動を共にするようになってからは、その効率が大幅《おおはば》に上昇《じょうしょう》している。この半月で狩った魔物は五十を超《こ》えていたし、肉食獣に至ってはどれだけ狩ったのか記憶《きおく》も定《さだ》かでない。乱獲《らんかく》とも言えるアルディスたちの狩りが、草原の生態系にまで影響《えいきょう》を与《あた》えた可能性はある。

一方で、そこまで責任は持てない、という開き直りに似た感情もある。目の前にグラインダーが現れたならばついでに討伐してもいいが、わざわざ時間をかけ探し回ってまで討伐する義理はないのだ。そんな暇《ひま》があったら家で寝《ね》ている方がよほどいい。

だから自然と口調もそっけないものになってしまう。

「で、それが？　俺たちには関係ない話だろ？」

「それがそうでもないんだよね」

ノーリスの返答にアルディスは眉をひそめる。

これまでの経験から言って、ノーリスがこういう話の進め方をするときは、ろくな内容ではない。

「行商人や隊商にとって、街道《かいどう》の安全が確保されているかどうかというのは死活問題だよね。もちろん支配者層にとっても放置しておくわけにはいかない。安全保障上の問題になるから」

ノーリスの言う通り、街道の安全保障は領主の義務だ。

危険な土地へ荷物を運ぶのは商人にとってリスクとなる。そうなれば当然のように行商人や隊商の行き来が減り、それは物価の上昇という形で悪影響を及《およ》ぼしてしまう。

草原の魔物や肉食獣と違《ちが》い、グラインダーは空を飛んでいるのだ。その行動範囲《はんい》は草原の魔物たちよりはるかに広く、なお悪いことにグラインダーはその魔物を赤子扱《あつか》いするほど強い。このままグラインダーを好き勝手にさせておけば、早晩被害者《ひがいしゃ》が出るだろうし、物流に与える影響も増していくだろう。

「ということで、近々領軍が討伐隊を組むんだってさ」

被害が出てからでは遅《おそ》いということなのか、意外なほど動きの早い領軍にアルディスは感心する。

個人的には良い関係といえない領軍だが、決して腰《こし》の重い無能集団というわけではなさそうだ。それとも領主が有能なのかもしれない。もっとも、会ったことがない領主の器量など、アルディスに判断できるわけもないが。

「討伐隊の中心は領軍になるらしいんだけど、万全《ばんぜん》を期すためとかでトリアを拠点《きょてん》に活動している有名どころの傭兵《ようへい》にも声がかかってるんだ。というわけで、おやっさん！」

ノーリスが声をかけると、カウンターにいた酒場の主人がのそのそとテーブルまでやってくる。この酒場では傭兵へ仕事を斡旋《あっせん》する仲介業《ちゅうかいぎょう》もやっている。今回の話を領軍から受けたのも酒場の主人なのだろう。

「ノーリスから話は聞いたと思うが、今回『白夜の明星』宛《あ》てに指名依頼《いらい》が来てる。依頼主は領主。内容はグラインダー討伐隊への参加だ。参加報酬《ほうしゅう》は一日金貨三枚。グラインダーを発見した者には金貨十枚。討伐に成功した者には金貨五十枚が追加の報酬として支《し》払《はら》われるそうだ」

参加報酬の金貨三枚というのはパーティ全体での報酬だ。通常の傭兵なら十分な金額かもしれないが、普段《ふだん》から金貨十枚以上を毎日稼《かせ》いでいるアルディスには少なく感じられる。

それはおそらくテッドたちにとってもそうだろう。彼らの実力ならば、依頼の内容によっては一日金貨五枚以上を稼げるはずだ。

「テッドたちは受けるつもりなのか？」

アルディスは報酬額を踏《ふ》まえた上でテッドに訊《たず》ねる。

「討伐報酬は魅力的だが、そんな都合良くグラインダーが見つかるとも思えねえしなあ。正直あんまり受けたかねえんだが……」

テッドの声色《こわいろ》からは、あまり乗り気でない様子が窺《うかが》える。

「領主からの指名依頼を断るのは、今後を考えるとあんまりすすめられないぞ」

酒場の主人が忠告めいた言葉を口にすると、しぶしぶといった風にテッドが言う。

「なんだよなあ……。おまけにうまく出くわしたとしても勝てるかどうか微妙《びみょう》だしよ。まあ、気はすすまねえが、アルディスが入ってくれるんならグラインダー相手でも死にゃしねえだろう」

「ってことで、僕らはアルディス次第《しだい》で依頼を受けようかと思ってね」

テッドの言葉を引き継《つ》いだノーリスがアルディスに向かって言う。

アルディスはテーブルにヒジを立ててあごに手を添《そ》えると、少し考えるようなそぶりを見せた後、酒場の主人へ向けて訊ねる。

「領軍の指揮下に入らないといけないのか？」

「いや、基本的には少人数のグループに分かれて行動するらしいからな。傭兵のパーティは領軍と一緒《いっしょ》に行動することもないだろう」

もともと領軍としても、傭兵をあてにするつもりはないらしい。グラインダーを発見し、その足止めができればいい程度に考えているのだろう。捜索《そうさく》の割り当て区画を決めたら、あとは勝手にしろという方針のようだった。

「だったら構わないが……」

領軍、特に居丈高《いたけだか》なあの将軍と顔をあわせずにすむのなら、アルディスとしても気が楽だった。

『白夜の明星』としても、領主に悪印象を与えるのは得策といえない。だったら、積極的に協力して今後の活動にいい影響をもたらすべきだろう。

そうすると、アルディスには一点だけ気がかりがある。

「問題はネーレか」

　ここのところ常に行動を共にしているパートナー、ネーレのことだ。アルディスが討伐《とうばつ》に参加するとなれば、ネーレは単独での行動となる。

「今回の討伐、ネーレも同行させていいか？」

　もっとも、ネーレのことである。別行動と言い渡《わた》したところで、勝手についてくるのは目に見えていた。

「そいつがどれだけ使い物になるか、次第だな」

　役立たずはいらない。テッドの言うことはもっともである。

「実力は俺が保証するよ。コーサスの森で、危なげなく狩《か》りができるくらいの力はある」

「それなら少なくとも足手まといにゃならねえか。いいぜ、そいつも『白夜の明星』の一員として依頼を受けるとするか」

　アルディスの答えに満足して、テッドは依頼受領の判断を下す。

「決まりだな。じゃあ『白夜の明星』として五人で参加、ってことでいいな？」

　酒場の主人がホッとした表情で話をまとめ、カウンターへと戻《もど》っていった。


　二日の準備期間を置き、グラインダー討伐隊がトリアの街から出発した。

領軍の部隊を先頭にして、その後ろから臨時で雇用《こよう》された傭兵たちが続く。

トリア侯爵《こうしゃく》は今回の作戦に二個中隊を投入している。これはトリア領軍が常備している兵数全体から見て約三分の一であり、侯爵がいかに今回の事態を深刻にとらえているかわかる。

もっとも実際のところは早急な対応を進言したのも、これだけの兵力を討伐にあてたのも、トリア領軍を統括《とうかつ》する将軍である。トリア侯フレデリックは決して無能な為政者《いせいしゃ》ではないが、軍事に関してはやや疎《うと》いところがある。そのため今回のような事態が発生した際には、対応が将軍へ一任されていた。

将軍は中隊長のひとりを指揮官に任命すると、分隊を槍兵《そうへい》四人、重装兵二人、弓兵三人で編制し、そこへベテランの兵士を分隊長として配置した。領軍で編制した三十八隊、および傭兵九隊の合計四十七隊をもってグラインダー討伐隊は構成される。

今回の討伐隊には、領軍から二人の中隊長と八人の小隊長が参加していた。その小隊長のひとり、デッケンには五つの分隊を指揮する権限が与えられている。

複雑な感情を押し殺し、毅然《きぜん》とした態度でデッケンは馬を操《あやつ》る。そんな彼に横から話しかける者がいた。

「デッケン小隊長。ご一緒できて光栄です」

声はデッケンと並行して進む馬上からだ。

「ドルイセ小隊長か。貴殿《きでん》と共に戦うのはこれが初めてだな」

「ええ、トリア随一《ずいいち》の剣技《けんぎ》を誇《ほこ》るデッケン小隊長がいらっしゃるとは心強いです」

トリア領軍では小隊長以上に騎乗《きじょう》する権利が与えられている。ドルイセも小隊長であるため、このように騎乗して先頭集団を進んでいるのだ。先頭には指揮官の中隊長と、副指揮官であるもうひとりの中隊長。周囲を見れば、デッケン、ドルイセに加えて六人の小隊長が馬上にあった。

本来であればデッケンとドルイセは対等の立場だ。しかしドルイセは二ヶ月前に分隊長から昇進したばかり。年齢《ねんれい》も小隊長の中で最年少ということもあって、デッケンや他《ほか》の小隊長に対しては謙虚《けんきょ》な姿勢を見せている。

「これだけの兵で討伐にあたれば、魔物《まもの》の一体程度ひとたまりもありますまい」

デッケンたち領軍はグラインダーについてあまり情報を持っていない。

もともとはるか西のカノービス山脈に生息するグラインダーが、トリア周辺の草原へ出没《しゅつぼつ》すること自体が異常なのである。

秘境魔境を旅する傭兵でも、好き好んでカノービス山脈に登る人間は少ない。必然的にグラインダーと交戦したことがある人間など滅多《めった》にいないのだ。トリアの領軍にもグラインダーの存在を記した文書はあるが、強力な魔物であること以外、具体的な記述は存在しなかった。

「ああ、そうだな。この戦力であればグラインダーなど取るに足らぬ相手だろう。一部の傭兵どもは兵を出し惜《お》しみするななどと文句を言っておるらしいが、あきれた話よ。たかが一体の魔物相手にこれでも過剰《かじょう》なくらいであろうに」

グラインダーの強さがハッキリしないことから、将軍は過剰ともいえる戦力を討伐にあてているのだ。

それ自体は用兵上、間違っていない。だがデッケンにしてみればそこまで用心しなくても、という不満にも似た感情が抑《おさ》えきれなくなるのだ。そんな金があるのなら、領軍の兵装を充実《じゅうじつ》させることにあてた方がよほど益になるだろうに、という思いもあった。

「まったくです。ついてくるだけで報酬が出るというのに、領軍の編制にまでケチをつけるなど身の程《ほど》をわきまえないにも程があります。しょせん、はした金を目当てに剣を振《ふ》るう輩《やから》ですね」

「もとより傭兵など戦力として期待はしておらんよ。捜索要員としてせいぜい働いてもらえばいい」

そんな輩に参加報酬として大枚をはたくなど、デッケン個人としては納得《なっとく》しがたいことではある。

あのような輩、さっさと街から追い払ってしまえばいいのだ。口にこそ出さないが、そう考える兵士は多い。

デッケンは十日ほど前に対峙《たいじ》した傭兵の女を思い出す。強いだけで礼節も知らぬ野蛮《やばん》な傭兵だった。確かにアリスブルーの髪《かみ》は美しく、天色の瞳《ひとみ》が印象的な美貌《びぼう》は認めざるを得ないが、領主や自分たち領軍に対する無礼の数々はとうてい許せるものではない。女の思い上がりを叩《たた》いてやるつもりで意気揚々《いきようよう》と手合わせに挑《いど》み、そして敗れた。将軍はおろか領主の前で無様にあしらわれて恥《はじ》をかいたのだ。

そもそもは女に挑んで敗れた中隊長の名誉《めいよ》を回復するための勝負だったが、結果を見ればさらなる不名誉をデッケン自身が受けた形となる。領軍随一の使い手と呼ばれたデッケンの名は、傭兵の女に敗れたことでまたたく間に地へ落ちてしまった。表立ってあざ笑う者はいないが、裏では何を言われているかわかったものではない。

今回の討伐参加を命じられたのも、槍働きで汚名《おめい》をそそげと暗に言われているのだろう。なんとしてもグラインダー討伐で功績を挙げなくてはならない。

「傭兵の力など、いらぬ」

誰《だれ》にともなくボソリとつぶやいて、デッケンは馬の手綱《たづな》を握《にぎ》りしめた。

グラインダー討伐隊は草原を西に向かって進むと、目撃《もくげき》情報の多い地域を中心に分隊単位で分かれて捜索を開始する。

「こんなんで大丈夫《だいじょうぶ》なのかねえ？」

頭上に広がる青空を仰《あお》ぎながら、テッドが言う。

『白夜の明星』の一行は、割り当てられた捜索地域をのんびりと歩きながらグラインダーの影《かげ》を探していた。

「あはは。だよねえ。まさかあれで魔物に挑もうとか……、笑っちゃうね」

笑いながらノーリスが同意する。

ノーリスだけでなく、アルディスも同じ気持ちであった。

草原に出没する魔物など、比べものにならないほどの力を持つグラインダー。その圧倒《あっとう》的《てき》な力に対して、領主が用意した戦力は四百人強。決して少なくはない数だ。が、魔物相手――特に空を飛ぶ魔物に対して雑兵をいくら集めたところで、ほとんど意味はない。

「魔術師はいねえわ、兵士は実戦経験もない若造が大半だわ、指揮官にもまともに戦えそうなのはいねえわで、あれで魔物討伐なんぞ悪い冗談《じょうだん》だぜ」

指折り数えて肩《かた》をすくめるテッドにオルフェリアが同意する。

「ほんと、魔物の強さを甘く見過ぎね」

戦いにおいて数は力だ。それはたとえ魔物相手でも変わりない。たとえひとりひとりが小さなかすり傷しか与《あた》えられなくても、人数が増えればそれだけ与える傷の数も増えるだろう。

　だが数が有効に働くのは、あくまでも一定以上の力量を持った人間が集まればの話である。かすり傷すら与えられない人間がどれだけ増えたところで、相手に与えるダメージはゼロのままだ。むしろ味方の動きを阻害《そがい》するという意味ではデメリットにしかならない。

　魔物相手に魔術師を同行させていないなど傭兵《ようへい》からすれば愚《ぐ》の骨頂だし、アルディスの見たところ実戦経験のない新兵が多すぎる。あんな陣容《じんよう》で魔物と戦おうなどと、ただ犠牲《ぎせい》者《しゃ》の数を増やすだけのことだ。

「数で質を補うつもりなら、せめて今の倍は必要だろう？　兵士の質を見る限り、三分隊くらいで一度に掛《か》かって、半分犠牲が出るのに目をつぶれば勝ちの目もでるだろうけどよ」

　領軍の甘い見通しをテッドが嘆《なげ》く。

「でも領軍の皆《みな》さん勝つ気でいるみたいだよ。傭兵の力なんて借りなくて十分とか言ってる小隊長もいたしね」

「ろくに実戦経験もないやつらが偉《えら》そうに！　あんなんじゃあ大型の肉食獣《にくしょくじゅう》相手でも全滅しちまうだろうよ！」

　他人事《ひとごと》のような口調で話すノーリスに、テッドが声を荒立《あらだ》てる。

「ま、そもそも肉食獣が減ったからこんなことになってるんだけどね」

あっけらかんとした表情でノーリスが笑った。

「はいはい。文句言いたいのは分かるけど、一応依頼《いらい》として請《う》け負ってるんだからね。きちんと割り当てられた役割は果たしましょう」

「分かってるっつーの。仕事は仕事だ」

口ではどうこう言っても、受けた以上はしっかり仕事をこなさなければならない。

テッドが先頭に立ち、アルディスたちは空中を警戒《けいかい》しながら草原を進んでいった。


魔物や獣《けもの》の数が減ったと言っても、草原に危険が全く無くなったわけではない。魔物以外にも危険な肉食獣は跋扈《ばっこ》しているのだ。

「そっち行ったぞ、アルディス！」

テッドの警告が飛ぶ。

アルディスたちは今、遭遇《そうぐう》した『コヨーテ』の群れ相手に戦っていた。

コヨーテはイヌ科の小型肉食獣である。草原に生息する中ではやや格下の肉食獣だが、その牙《きば》は鋭《するど》く、群れをなすという点では決して侮《あなど》れない相手だ。

アルディスは宙に浮《う》かせたままのショートソードを、向かってくるコヨーテの一体に差し向け、飛びかかってくる前に首を刈《か》り取る。

背後には二体のコヨーテが回り込んだが、アルディスが振り向いて構えるまでもなくコヨーテたちの前にネーレが立ちふさがった。

ネーレが腕《うで》を振り払うと、空中に生み出された氷の針がコヨーテたちの眉間《みけん》に吸い込まれていく。

ドサリと音を立てて崩《くず》れ落ちるコヨーテたち。

襲《おそ》いかかって来た八体のコヨーテは、形勢不利を悟《さと》って撤退《てったい》する暇《ひま》も与えられずアルディスたちに刈り取られた。

「へえ、さすがアルディスが太鼓判《たいこばん》を捺《お》すだけある。いい動きするじゃねえか」

「この程度、児戯《じぎ》に等しきことよ」

ネーレはそっけない口調でテッドへ答える。

「えっ、ちょ、ちょっとあなた！　今さっき詠唱《えいしょう》してなかったわよね！　どういうこと？　もしかしてあなたもアルディスみたいに無詠唱で魔法使えるの？」

「詠唱？　なんぞそれは？」

「はあっ？」

オルフェリアとネーレが互《たが》いに疑問符《ぎもんふ》をぶつけ合っている。オルフェリアにしてみれば、アルディス同様に詠唱をすっ飛ばして魔法《まほう》を使っていることへ驚《おどろ》きを隠《かく》せないのだろうし、ネーレにしてみれば、それに疑問を持たれること自体が理解できない様子だ。互いに常識の根底部分が食い違《ちが》っているのだから仕方がない。

頭を抱《かか》え始めたオルフェリアをよそに、テッドが機嫌《きげん》よさそうに言う。

「今回だけの臨時メンバーってのも、もったいねえくらいだな。どうだ？　アルディスと一緒《いっしょ》にうちのパーティへ入らねえか？」

「我《われ》は主《あるじ》に従うのみ。我が主がお主らと行動を共にするならば、我も共に行こう」

「あはは。その主従設定って、本気――みたいだね。ごめんごめん」

からかうような口調のノーリスをネーレが睨《にら》みつけた。

出会って早々、「我が名はネーレ。我が主アルディスの従者だ」と突拍子《とつぴようし》もない自己紹介《しようかい》をした女は、ノーリスにしてもちょっかい出し辛《づら》い雰囲気《ふんいき》を持っているらしい。

そんな風にして、ときおり襲いかかってくる獣を蹴《け》散《ち》らしながら、アルディスたちはグラインダーの捜索《そうさく》を続ける。

「ホントにザコしかいねえな」

半日草原を歩き回って、出会うのは『コヨーテ』のような弱い獣ばかり。魔物はもとより、草原の肉食獣として比較的《ひかくてき》危険度の高い『獣王』と呼ばれる獣すらその姿を見せていない。アルディスとネーレの狩《か》りがいかに異常なものだったか、この状況《じようきよう》からも窺《うかが》えるだろう。

「ねえテッド、そろそろお昼にしない？」

「ん？　ああ、もうそんな時間か」

今のところグラインダーは姿を見せていない。他《ほか》の傭兵や領軍が遭遇している可能性もあるが、少なくともアルディスたちのところへはなんの連絡《れんらく》も来ていなかった。

連絡がない以上、まだ発見には至っていないという前提で捜索をすすめることになる。

勝手に持ち場を離《はな》れるわけにはいかないのだ。

そういう意味でも、今回の討伐《とうばつ》はいろいろと問題がある。

もしかしたらこの瞬間《しゅんかん》にもどこかの分隊がグラインダーと交戦している可能性はあるが、それを知らないアルディスたちは援護《えんご》に向かうこともできないのだ。

一応発見した場合は狼煙《のろし》で合図を送る手はずだが、実際に戦闘《せんとう》状態へ突入した際、そんな悠長《ゆうちょう》なことをしている暇は無いだろう。一般《いっぱん》兵士しかいない分隊など、あっという間に全滅《ぜんめつ》する可能性すらある。

もちろん、だからといってアルディスたちにあれこれ意見を言う権限はない。彼らにできるのは、粛々《しゅくしゅく》と与えられた役割を果たすことだけだ。

昼食をすませ、午後の捜索を再開する一行。

ほどよく腹がこなれた頃《ころ》、テッドが先頭を歩きながら大きく伸《の》びをする。

「やれやれ、ようやく半分か。大した儲《もう》けにゃならねえが、たまにはこういうのんびりした仕事もいいじゃねえか」

「そうよね。天気も良くて気持ちいいし、何より気が楽だわ」

その点はアルディスも同感だ。だが彼の場合は、不必要に領軍と関《かか》わり合いたくないという事情がある。

「俺としちゃあ、さっさとグラインダーに出てきて欲しいもんだがな。そりゃ一日くらいならこういうのもいいが、何日もこれで拘束《こうそく》されるのは正直ごめんだぞ。あと眠《ねむ》い」

「眠いのはいつものことでしょ」

アルディスのぼやきに、オルフェリアがあきれた声でつっこむ。

「まああ、そう言うなよアルディス。ほら、見てみろや。暖かい日差し、気持ちのいい風、面倒《めんどう》な魔物や大型肉食獣は出てこねえ、青々と広がる空には流れる雲、その大空を飛んでいく鳥の影――――あん？」

アルディスの肩に腕を回し、とくとくと語っていたテッドの眉間にシワがよる。

視線の先には、天高く悠々と滑空《かっくう》する一羽の鳥らしき影があった。

「『キラーバード』……じゃねえな」

「『監視者《かんししゃ》』でもなさそうだな」

草原でよく見かける大型猛禽類《もうきんるい》の名をあげて、自分でそれを否定するテッドとアルディス。目を細めるふたりの後ろから、ネーレが冷静に指摘《してき》した。

「あれがグラインダーではないのか？」

束《つか》の間の静寂《せいじゃく》。

アルディスたちの視線が空の一点に向けられる。

この草原に出現する鳥は大小さまざま、十種類以上の存在が知られている。だが肉食の『キラーバード』と『監視者』以外はいずれも体長五十センチ以下の小さな鳥だ。アルディスたちの目に映っている影は少なくとも小型の鳥には見えず、かといってキラーバードや監視者のシルエットとは異なっている。つまり、常日頃草原で見かける影ではないのだ。

次の瞬間、沈黙《ちんもく》を破ったのはテッドの声だった。

「ノーリス！　狼煙は上げられるか？」

「今、準備してる！」

「オルフェリア！　空から目を離すなよ！　アルディスとネーレは迎撃《げいげき》準備だ！」

パーティに緊迫《きんぱく》した空気が流れる。

「テッド、向こうで狼煙が上がってるわ！」

別の場所から上がり始めた狼煙にオルフェリアが気づいた。

「ちっ！　発見報酬《ほうしゅう》は持ってかれちまったな」

すでに他の隊がグラインダー発見の狼煙を上げたようだ。二筋の狼煙が北側に見えている。他の場所でも次々と狼煙が上がり始めた。発見の報は間違いなく各隊へ届いているだろう。

「問題は、どこに降りてくるかだが……」

念のためアルディスはショートソードを抜《ぬ》き放つ。

アルディスたちの視線を釘付《くぎづ》けにした影《かげ》は、彼らを無視してまっすぐ東へと飛び、みるみるうちに小さくなった。

「本隊の方角だな、ありゃあ」

テッドの指摘通り、影が向かった先には本隊がある。本隊は三分隊で構成されているため、他の分隊に比べれば戦力は多い。だが兵質から考えて、とてもグラインダーを撃退できるとは思えなかった。

「どうするの？　温室育ちの兵隊さんたちには荷が重すぎると思うけど」

オルフェリアがテッドに判断を迫《せま》った。

「事前の指示じゃあ、『すみやかに交戦している部隊の援護へ向かえ』ってんだろうが……」

問題は間に合う可能性が非常に低いということだ。

隣《となり》の部隊、あるいはその先の部隊程度なら駆《か》けつけられるかもしれない。だが、もしグラインダーが本隊のところまで飛んでいたら、ここからではとても間に合わないだろう。

「とりあえずは追っかけっぞ！」

グラインダーがどこに降り立つかはわからないのだ。テッドたちは新たに上がった狼煙の方向へ向け、急ぎ移動を開始する。

「テッド、俺は先に行くぞ」

短く告げると、アルディスは返事を聞く前に『浮歩』で駆け始めた。

テッドの怒鳴《どな》り声が聞こえてくるのを後に、尋常《じんじょう》ではない速度で東へ向かう。アルディスの斜《なな》め後方には、当然のように『浮歩』を模倣《もほう》して付き従うネーレの姿があった。

ふたりは途中《とちゅう》で二つの分隊を追い越《こ》し、三十分ほどかけて本隊をその目に捉《とら》える。

「被害《ひがい》が出ておるな」

ネーレが端的《たんてき》な表現で口にした。

すでに本隊はグラインダーとの戦闘に突入しているらしく、遠目にも混乱していることが見て取れる。

陣形《じんけい》も隊列もなく、慌《あわ》てふためき槍《やり》を振《ふ》り回す兵士たち。右往左往してまともに指示も出せない馬上の隊長格。混戦状態では矢を射るわけにもいかず、隊の半数近くを占《し》める弓兵が完全に遊兵と化していた。

アルディスたちが近づいていく間にも、次々と兵士が倒《たお》れていく。

その中心に悠然と構えるのは体高三メートルもあろうかという巨体《きょたい》、グラインダーだ。

猛禽類を思わせる頭部には水牛のような太い角が左右に生えている。上半身は羽毛《うもう》に覆《おお》われ、三本の鋭い爪《つめ》を持つ両腕と、左右それぞれに胴体《どうたい》よりも大きな翼《つばさ》を持っていた。下半身はたくましい四本の馬脚《ばきゃく》に支えられ、その間にゆらゆらと毛に包まれた尾《お》が見え隠れしている。

グラインダーが威嚇《いかく》するように翼を広げた。その大きさは槍を持った兵士が赤子に見えてしまうほどだ。

翼を持った魔物は狙《ねら》いをひとりの槍兵に定めると、鋭《するど》く尖《とが》ったかぎ爪を振り上げる。

「まずい」

すでに剣魔術《けんまじゅつ》の届く距離《きょり》だが、アルディスとしては領兵の前で剣魔術を使いたくない。もちろんできることなら無用な死人は出したくないが、正直なところ知人でもない兵士のために、領軍の中隊長もいる場では剣魔術を見せたくはないのだ。

アルディスが一瞬躊躇《ちゅうちょ》している間に、斜め後方からグラインダーに向けてダガーが放たれた。ネーレだろう。風切り音を立ててダガーはグラインダーの腕に突《つ》き刺《さ》さり、その動きを一瞬阻害《そがい》する。

「助かる！」

アルディスは短く礼を口にすると、勢いのままグラインダーへ向けて突進する。

槍兵《そうへい》とグラインダーの間へアルディスが躍《おど》り込み、無詠唱で物理障壁《しょうへき》を張りながら、あわせて攻撃《こうげき》魔法を詠唱する。

「猛《たけ》き紅《くれない》は烈炎《れつえん》の軌跡《きせき》に生まれ出《い》でし古竜《こりゅう》の吐息《といき》――煉獄の炎《フエルノ・レスタ・ガノフ》！」

アルディスが掲《かか》げた両手から炎が現れ、グラインダーに向かって解き放たれる。

だがグラインダーは四本の馬脚で力強く地面を蹴ると、大きく横に飛び退《の》き、炎の射線上から身をかわす。

炎の余波でグラインダーの上半身を覆う羽毛の一部が焦《こ》げ落ちた。

「くそっ」

アルディスは思わず悪態をつく。

周囲の兵士たちを巻き込まないよう、範囲《はんい》を狭《せば》め、上方へ向けて射出する形にしたのが裏目に出た。

「キュ――――ン！」

負傷したグラインダーはアルディスを危険な相手と認めたのだろう。すぐさま空中へと退避《たいひ》しつつ、アルディスを中心にして魔力で嵐《あらし》を巻き起こす。熟練の魔術師が唱える上級魔法『烈迅の刃《ステイ・グロール・エルメート》』に匹敵《ひってき》する風圧が兵士たちへと襲《おそ》いかかった。

魔法障壁を展開しようとしたアルディスは、すでに強固な障壁が周辺一帯に張り巡《めぐ》らされていることに気づく。

「ネーレか」

アルディスがグラインダーと対峙《たいじ》している間に、守りを固めてくれていたのだろう。すぐさま意識を切り替《か》えて、グラインダーの行方《ゆくえ》に目を向ける。しかしアルディスがその目に捉えたのは、すでに上空へと退避して飛び去っていこうとするグラインダーの姿だった。

人の目がなければ仕留める方法などいくらでもあるが、この場でそれを見られたくはない。迷いを生じさせたアルディスを尻目《しりめ》に、グラインダーはそのまま西へと進路を向けて飛び去っていった。

「まずいな……」

グラインダーが向かう方向にはテッドたちがいる。やつがこのままカノービス山脈に逃《に》げ帰るならそれでいい。だが、西にはテッドたち以外にも領兵や傭兵《ようへい》たちがいるのだ。

「ネーレ！　すぐに追うぞ！」

今ならまだ姿が見えている。人目のない場所で追いつけば、あの程度の魔物、アルディスにはどうとでもできる。

しかしその時、すぐさま『浮歩』で追いかけようとしたアルディスを呼び止める声があがった。

「待て！　怪我人《けがにん》の手当てが先だ！　お前たち魔術師だろう。治癒《ちゆ》魔法は使えないのか？　使えないのなら治療薬《ちりようやく》ですぐに重傷の者を手当てするんだ！」

馬上の指揮官らしき男がアルディスとネーレに言った。

「どのみち空を飛ぶ相手に追いつけるわけがない！」

アルディスは相手に聞こえないよう舌を打つ。

確かに普通《ふつう》は空を飛ぶ魔物に追いつくことなどできないだろう。だが、アルディスとネーレのふたりならばそれができる。おそらく今なら追いつけるだろう。

「負傷者の手当てを急げ！　分隊の再編制をしろ！　態勢を整えてから隊列を組んで追跡するぞ！」

あんたはバカか、と言いかけてアルディスは言葉を飲み込んだ。

最も人数の多い本隊がこのザマなのに、一分隊単位で構成された他《ほか》の隊が太刀《たち》打ちできるはずがない。たとえ他の分隊と合流していたとしても、本隊の規模と同程度では各個撃破されるのがオチだろう。

そもそも人員を分散させすぎているのだ。グラインダーは十人や二十人程度の兵士たちで、足止めできるほど容易《たやす》い相手ではない。この場にアルディスとネーレを留め置いているることが、領兵たちを危険にさらすことになっているなど、この指揮官にはわからないのだろう。

「何をボーッとしている！　さっさと負傷者の手当てをせんか！」

指揮官らしき男が大声でせき立てる。

もともと『白夜の明星』が領軍に目をつけられないよう参加した仕事だ。ここで指揮官の印象を悪くしては元も子もない。

「我が主《あるじ》、どうするかね？」

アルディスの隣にやって来たネーレが問いかけてくる。

「仕方ない。重傷者の手当てを手伝いながら、隙《すき》を見て抜け出す」

周囲に視線を向ければ、アルディスたちが助けに来るまでに傷を負った兵士たちが大勢倒れていた。すでにこときれている人間も数人いるが、治療が間に合えば助かりそうな兵士もいる。

飛んでいったグラインダーが必ずしも人間を襲うとは限らない。手傷を負った以上、自分の縄張《なわば》りへ帰る可能性も高いのだ。一方でこの場には手当てが遅《おく》れれば命を失うであろう兵士がいる。危険の可能性と目の前にいる重傷者、そのふたつを天秤《てんびん》にかけた妥協《だきょう》案がアルディスの言葉であった。

アルディスたちは手持ちの治療薬を提供し、目立たないよう治療活動に手を貸しながら機会を窺《うかが》う。やがて部隊が秩序《ちつじょ》を取りもどし始めたところで、指揮官たちに気づかれないよう素早《すばや》くその場から離脱《りだつ》し、無人の草原を西へ向かって全力で駆け始めた。

分隊のひとつを直接指揮し、グラインダー捜索《そうさく》のため草原を進んでいた小隊長のデッケンは、頭上を通過する大きな鳥の影を見た。その後、すぐに狼煙《のろし》が上がったことで、先ほどの影がグラインダーだと気づき、馬首をめぐらす。

指揮下の兵士は十人。近くを捜索している他の分隊と合流するべきか一瞬《いっしゅん》迷うも、グラインダーが飛んでいったのが本隊のいる方角であったため、すぐさま移動を開始した。

本隊には三分隊、三十人の兵士がいる。おそらく負けることはない。それどころか、早々と討伐《とうばつ》をすませてしまう可能性があることに、デッケンは焦《あせ》りを募《つの》らせた。

デッケンにとってこの討伐は、名誉挽回《めいよばんかい》の貴重なチャンスだ。

領軍一の使い手と呼ばれながら、どこの馬の骨とも知れぬ女傭兵に軽くあしらわれたという失態を打ち消すためには、どうしても討伐で功を立てる必要があるのだ。今回のグラインダー討伐で万人《ばんにん》の納得《なっとく》する功績を示せば、『女に負けた張り子の虎《とら》』などと陰口《かげぐち》をたたかれることもなくなるだろう。

だからこそ本隊がグラインダーを討伐してしまう前に、一刻も早く合流する必要があった。

「デッケン隊長！　本隊の方向から何か飛んできます！」

弓兵のひとりが接近する影《かげ》に気づき報告してきた。

歩みを止め、馬上から目をこらすと、上空を飛んでくる影がひとつ見える。みるみるうちに近づいてくるその影は、鳥よりも大きく、そして速い。先ほど頭上を通りすぎていった影と同じシルエットだった。

なぜだか理由は分からなかったが、グラインダーが本隊の方向から飛んできていたのだ。

「グラインダーだ！　全員戦闘《せんとう》準備！」

デッケンの号令にしたがって、兵士たちが陣形を組む。

「重装兵、前へ！　弓兵構え！」

そうしている間にも影は一直線にデッケンたちへ向かって来た。近づくにつれ、少しずつその大きさがあらわになる。

やがて影はデッケンたちの上空にさしかかると、そこで動きを止め、観察するように草原を見下ろす。

「弓兵、撃《う》て！」

号令を受けて三本の矢が影に向けて放たれる。しかし距離が足りない。全《すべ》ての矢は相手へ届く前に放物線を描《えが》いて落ちていった。

影が耳をつんざくような声で鳴く。

「キィ――――ン！」

上級魔法にも匹敵する暴風が牙《きば》をむき、軽装の兵士たちへ襲いかかる。目に見えぬ無数の刃が瞬時に駆《か》け抜《ぬ》け、魔物を中心として渦《うず》を巻いた。

見上げる兵士たちを右から左へ撫《な》でるように吹《ふ》き荒《あ》れた狂風《きょうふう》は、容赦《ようしゃ》なくその力をぶつけてくる。盾《たて》を引き裂《さ》き、鎧《よろい》を削《けず》り、むき出しになった体表はみるみるうちに赤く染まっていく。

「ぎゃあああ！」

兵士たちの絶叫《ぜっきょう》が草原に響《ひび》いた。

首を切られた者はまだ幸せだ。なまじ致命傷《ちめいしょう》を避《さ》けられた兵士たちは生きたままジワジワと体を削り取られ、強烈な苦痛を感じながら意識を失いそのまま息絶える。暴風の渦は赤い液体を吸って禍々《まがまが》しく、そして生臭《なまぐさ》い空気をかき乱す。

デッケンは兵士たちよりも装備に恵《めぐ》まれているため、まだ傷は浅い。しかし巻き込まれた馬は無事でいられない。体中を無形の刃で削られ、全身の切り傷から血を流して倒《たお》れてしまった。

緑の大地が血で赤く染まったところへ、バサリバサリと翼《つばさ》を羽ばたかせながら影が降り立つ。

「で、でかい……」

目の前に降りてきた影の予想を上回る大きさに、領兵たちは動揺《どうよう》する。

「これが……、グラインダー……」

圧倒的《あっとうてき》な存在感。生物としての本能が、すぐに逃げ出せと警鐘《けいしょう》を鳴らす。すでに戦力は半分以下、残っているのは盾を持った重装備の兵士たちとデッケンの四人だ。

だがここで逃げ出すわけにはいかない。この上ない汚名返上《おめい》の機会。ここで背を向けてしまっては、たとえ命が助かったとしても一生後ろ指を指され続けることになるだろう。

デッケンは歯を食いしばって震《ふる》えを無理やりふりほどくように剣《けん》を掲《かか》げると、残っている兵士たちに指示を出した。

「恐《おそ》れるな！　見よ！　ヤツはすでに手負いだ！　取り囲めば勝てぬ相手ではない！」

デッケンの目には前足に突《つ》き刺《さ》さったダガーとそこから流れる血、そして炎《ほのお》で焼け焦げた上半身の羽毛《うもう》が映っていた。おそらく本隊を襲ったものの、返り討《う》ちにあってこちらに流れてきたのだろう。

であればグラインダーはすでに力を消耗《しょうもう》しているはずだ。先ほどは不覚を取ったが、決して勝てない状況《じょうきょう》ではない。

「おおー！」

デッケンの声に鼓舞《こぶ》され、兵士たちが一斉《いっせい》にグラインダーへ襲いかかる。だがその剣先は悲しいかな届きはしない。重装兵が振《ふ》るう剣はかわされ、命中と思われた一撃も何らかの力で弾《はじ》かれてしまう。逆にグラインダーのかぎ爪《づめ》が空気を切り裂く音と共に振るわれ、兵士のひとりを鎧ごと掻《か》き切った。

「ぐあ……！」

続いて隣《となり》の重装兵も、鋭《するど》いくちばしに脳天を貫《つらぬ》かれて倒れる。まるで相手にならなかった。

「なっ……！」

デッケンが言葉を失う。

勝てない。決して口にはできない、そんな言葉が頭をよぎった。

「デッケン小隊長！　第三十二分隊、援護《えんご》にまいりました！」

絶句していたデッケンの後ろから味方の声がする。続いて駆け寄ってくる複数の重い足音。デッケンの分隊から西の方角にいた、別の分隊だ。

数の上ではこれで十二人。しかし、グラインダーの強さを目《ま》の当たりにしたデッケンには、とても勝ちを望める相手ではないことが理解できていた。

デッケンの横を槍兵《そうへい》と重装兵が走り抜け、グラインダーに向けて突進《とっしん》していく。

「待て！　突っ込むな！」

そんなデッケンの制止もむなしく、勢いのまま突撃《とつげき》した兵士たちにグラインダーが鋭利《えいり》なかぎ爪を振るう。

槍兵が胸を切り裂かれる。別の兵が腕《うで》を切り落とされる。重装兵がくちばしで盾を貫かれ、首に穴を空けられる。グラインダーが何か行動を起こすたびに、次々と兵士たちの命が刈《か》り取られていった。

撤退《てったい》をしなければ全滅《ぜんめつ》する。そんな考えがデッケンの頭をよぎった。

だが果たしてグラインダーは、逃げる自分たちを追いかけてこないだろうか？　自分たちと違《ちが》って相手は空が飛べるのだ。人間の足に追いつくのは簡単なことだろう。

迷いが生じ、進退窮《きわ》まるデッケンを救ったのは、唐突《とうとつ》にグラインダーの下半身へ突き刺さる一本の矢。

どこからともなく放たれた一撃は、無警戒《むけいかい》だったグラインダーに浅からぬ手傷を負わせた。

次いで頭上に現れた氷のつぶてが、グラインダーの翼に向かって叩《たた》きつけられる。

「ウオオォォォ！」

雄叫《おたけ》びと共にグラインダーへ斬《き》りかかったのは、ガッチリとした体にはち切れんばかりの筋肉をまとった剣士だ。剣士は紫檀《したん》色の髪《かみ》を振り乱してバスタードソードを叩きつける。

剣の切っ先がグラインダーの横腹を傷つけた。

「キューーン！」

グラインダーが身をよじる。

「テッド、離《はな》れて！」

女の声が飛ぶと、バスタードソードを持った剣士はすぐさま距離《きより》をとる。それを待ち構えていたかのように、鋭い矢がグラインダーの頭部に放たれた。

しかし魔物《まもの》もその攻撃《こうげき》を予期していたのか、体をわずかにかがめてかわす。

「オルフェリア！」

「輝《かがや》く蒼《あお》は色果てし幻《まぼろし》の地を舞《ま》う永遠の刻《とき》と静寂《せいじやく》――極北の嵐《トロア・シユス・フオローテ》！」

矢を放った男の声と、ローブをまとった女の詠唱《えいしよう》とが重なる。詠唱の完成と共にあられ交じりの猛吹雪《もうふぶき》がグラインダーに襲《おそ》いかかり、その体を氷漬《こおりづ》けにすべく覆《おお》い隠《かく》そうとする。

だが、その攻撃も目に見えない障壁《しようへき》らしきものにさえぎられて大部分が相殺《そうさい》されてしまう。

グラインダーは身を震わせて、体に張りついた氷を払《はら》い落とすと、馬脚《ばきやく》のような四本足をその場で地面に叩きつけて足踏《あしぶ》みする。

「あちゃー、あんまり効いてないみたいだよ？」

鋼色《はがねいろ》の髪をした弓士が軽い口調で言った。

「わかってるわよ！　無駄口《むだぐち》たたく暇《ひま》があったら一本でも矢を射なさいよ！」

「言われなくてもわかってる、よっと！」

再び矢がグラインダーに放たれるが、すでに警戒されているのだろう。一陣《いちじん》の風が巻き起こり、矢の軌道《きどう》がそらされてしまう。

そこへバスタードソードを持った剣士が斬りかかった。

グラインダーはかぎ爪でそれを防ぎ、剣士の頭上からくちばしを打ち下ろす。

剣士は腕に固定したラウンドシールドを使い、巧《たく》みにその攻撃を受け流した。

デッケンの目から見て、戦いは五分のまま推移しているように見える。

グラインダーの前に立ちふさがる剣士は、重い攻撃を受け止めるのではなくかわし、受け流すことに専念し、隙《すき》を見ては手傷を与《あた》えていた。弓士や魔術師の攻撃も決定的な打撃とはなっていなかったが、グラインダーを牽制《けんせい》し、行動の自由を制限するという意味では有効に働いている。

勝てるかもしれない。デッケンの脳裏《のうり》にそんな希望が見えかけたその時、かぎ爪の攻撃を受け流し損《そこ》ねた剣士のラウンドシールドが無残に引き裂かれた。

「くっそぉ！」

口汚《くちぎたな》い言葉が剣士の口からこぼれる。

攻撃を盾で受け流すというのは口で言うほど容易《たやす》い技術ではない。力の向きと強さ、速さとタイミングを瞬時に計算して体と盾の位置を調整しなくてはならないのだ。計算がわずかにでもずれれば、もしくはタイミングが一瞬でもずれれば、攻撃を受け流し損ねてまともに負荷《ふか》を受けることだろう。これまでグラインダーの攻撃をことごとく受け流し、かわしてきたのはバスタードソードを持つ剣士の技量が高かったからだ。

だが、いつまでもそれが続けられるわけではない。

ならばその前に敵の戦闘能力を奪《うば》ってしまえばすむ話だが、そのための決め手に欠けるのが実情であった。

「もう！　アルディスは一体どこほっつき歩いてんのよ！」

ヒステリックに深緑色のローブを着た女が叫《さけ》ぶ。

「うるせえな。俺だって遊んでたわけじゃないんだぞ？」

答える者もいないと思われた女の激昂《げきこう》に、応じる声があった。

「アルディス！」

弓士と魔術師、そして剣士の声が重なる。

そこでデッケンが見たのは、いつの間にかグラインダーの背後をとってブロードソードを構えていた黒髪の少年だ。

「キュキューーン！」

振り返って背後の存在を知覚したグラインダーが、その身をすくませて怯《おび》えたようなそぶりを見せた。

即座《そくざ》に翼を羽ばたかせ空中に逃《に》げようとするグラインダーの、さらに上空から降りかかる人の影。

「今度は逃がさぬよ」

アリスブルーの長髪《ちょうはつ》をなびかせて、白いローブの女がグラインダーの片翼《かたよく》へダガーで一撃を入れる。

あふれ出る血しぶき。

たまらずバランスを崩《くず》したグラインダーに、少年の振るうブロードソードが襲いかかる。

一閃《いっせん》。

無傷だったもう一方の翼は、いとも簡単に根元から切り落とされた。

片翼を傷つけられ、もう一方を失ったグラインダーに空へ逃《のが》れる術《すべ》はもうない。

「あんまり手こずらせるな」

そっけなく口にしながら、少年がブロードソードを横に薙《な》ぐと、グラインダーの首と胴《どう》があっさりと切り離された。首を失った体がゆっくりと傾《かたむ》き、音を立てて地面に投げ出される。

それまで領軍を蹂躙《じゅうりん》してきたグラインダーが、さらに圧倒的な力でねじ伏《ふ》せられた瞬間《しゅんかん》だ。

「助かったのか……」

グラインダーの巨体《きょたい》が地に倒れ伏す様子を見て、デッケンはようやく深い息をつくことができた。だがそれも周囲の被害状況《ひがいじょうきょう》に目を向けるまでのわずかな間である。

領軍の被害は深刻だった。もともとデッケンが率いていた分隊で生き残っているのは、彼を含《ふく》めて二名だけだ。途中《とちゅう》で援護に来た分隊も、残りは六名。二十名中、十二名が戦死。大敗である。

さらに、グラインダーへ手も足も出なかったデッケンたちを救ったのが、よりによって卑《いや》しい傭兵《ようへい》たちだった。

デッケンにしてみれば何もかもが気に入らない、納得《なっとく》できないことだ。これは悪い夢だと言い聞かせる声が、心の内から聞こえてくるようだった。

「我が主《あるじ》よ。首はもちろんとして、胴の方も持って帰るのか？」

「捨てておけ。どうせ金にはならん」

「承知した、我が主よ」

少年と話す女の声に、聞き覚えがあるデッケンの視線が向けられる。そこにいたのはアリスブルーの長い髪と天色の瞳《ひとみ》を持つローブ姿の女。

デッケンは目を見張った。

忘れようのない相手との予期せぬ邂逅《かいこう》。

侯爵《こうしゃく》や将軍の前で自分をあしらい、嘲笑《ちょうしょう》される原因を作った女。礼節のかけらも持たず、力だけを追い求める卑しき傭兵の女。まさに今、名誉挽回《めいよばんかい》の機会を奪い取り、新たな恥辱《ちじょく》をデッケンに与えた女。

ほの暗い感情がデッケンの心を侵食《しんしょく》する。

領軍の兵士たちが少年と女を歓喜《かんき》と賞賛の声で囲む中、その輪からひとり離れてデッケンは憎《にく》しみを込めつぶやいた。

「あの女ぁ……！」

第四章　救う者と救われる者

グラインダーを討伐《とうばつ》したテッドたち『白夜《びゃくや》の明星《みょうじょう》』は討伐報酬《ほうしゅう》として金貨五十枚を手に入れた。ひとりあたり金貨十枚と考えれば、悪くない収入である。

グラインダーの脅威《きょうい》がなくなり、物価に影響《えいきょう》が出始める前に物流は元通りになっている。早急な措置《そち》を施《ほどこ》した侯爵と領軍への賞賛が、あちこちの酒場で聞こえていた。

もちろんグラインダー討伐では戦死者が出ている。最初に襲撃《しゅうげき》された本隊、そしてその後襲撃を受けた分隊をあわせ、二十人近くが戦死している。

だが、グラインダー相手にそれだけの犠牲《ぎせい》ですんだのは、ひとえにアルディスたちのおかげである。もしアルディスたちが今回の討伐に参加していなかったら、おそらく本隊は壊滅《かいめつ》、分隊も各個撃破されて犠牲者の数は比べものにならないほど増えていたことだろう。

しかし、あくまでもグラインダーを討伐したのは領軍ということになっている。

アルディスもそれ自体に文句はない。討伐隊を立ち上げたのは領軍だし、アルディスたちはその働きに応じて報酬を受け取っている。討伐の主体が領軍であることは否定し得な

いのだ。

——たとえ領軍がまったくの役立たずで、実際にグラインダーと戦ったのがアルディスたちだったとしても。


トリア領主の館《やかた》。謁見《えっけん》の場として使われている大広間に四人の男がいた。

ひとりは床《ゆか》が一段高くなった部屋の奥で、豪勢《ごうせい》に飾《かざ》り付けられたイスへ座っている。その右隣《みぎどなり》には無骨な雰囲気《ふんいき》を漂《ただよ》わせる初老の男がひとり、反対に左隣へは白い髭《ひげ》をたくわえた老人が立つ。最後のひとりは三人と向かい合うようにして少し離《はな》れた場所で跪《ひざまず》いていた。

順番にトリアの領主であるトリア侯フレデリック、トリア領軍の将軍、トリアの筆頭政務官コスタス、そして領軍の小隊長デッケンである。

「なぜここに呼ばれたかわかっておるか？」

筆頭政務官のコスタスがかしこまるデッケンへ問いかけた。

「……先日の、……討伐に関してでしょうか？」

恐《おそ》る恐るデッケンが口を開く。

「わかっておるなら話は早い。そなたの剣技《けんぎ》が優《すぐ》れていることは知っておるし、事実領軍でそなたに勝ちうる者などおるまい。しかしその名声も傷がつけば磨《みが》き損《そこ》ねた宝石と同じ」

「……」

デッケンの顔色が目に見えて青くなる。

「せっかく御領主様が名誉挽回の機会をくださったというのに、麾下《きか》の部隊は壊滅。結局あの女傭兵に功を立てさせただけに終わるとは。情けない」

「申、し訳《わけ》ございません……」

言葉を詰まらせながらも謝罪の弁を述べるしかないデッケンへ、トリア侯爵が救いの手を差し伸《の》べる。

「そのくらいにしておけ、コスタス。一度や二度の失態は誰《だれ》にでもあろう。デッケンとてこれを機に大きく成長してくれると私は信じておる」

「閣下……」

感極《きわ》まったようにデッケンが目をうるませた。

「閣下がそうおっしゃるのであれば、このコスタス、何も申し上げることはございません」

コスタスに向かって満足そうに頷《うなず》くと、トリア侯はデッケンへ視線を向けて物憂《ものう》げな表情で口を開く。

「だがな、デッケン。私は思うのだ。確かにあの女傭兵は強い。そして今回のグラインダー討伐の働きも見事と聞いている。正に鬼神《きしん》のごとき働きであったとか。しかし――」

目を閉じて一拍《いっぱく》おくと、トリア侯が思いを口にした。

「それは恐ろしいことだと思わぬか？　強い力を持ち何者にも縛《しば》られぬ存在など、一歩間《ま》違《ちが》えば途端《とたん》に秩序《ちつじょ》を乱す犯罪者にもなりかねん。ましてあの女、お前も知っての通り私や領軍に対する畏敬《いけい》の念が全く感じられぬ。あれは危険であろう」

「はい、おっしゃる通りだと私も思います」

瞳に強い色を含んでデッケンが同意する。

「しかもその仲間は以前、将軍直々の要請《ようせい》を蹴《け》った不届きな魔術師《まじゅつし》だというではないか。困ったものよな。あのような者が街に住み着いては、治安の維持《いじ》にも支障をきたしかねん」

まるで用意されていたかのようなトリア侯の言葉に、デッケンはハッと表情を改める。侯爵が言わんとするところを理解したのだ。

「デッケンよ。当面貴官の現行任務を解く。貴官が指揮する小隊についてもだ」

トリア侯の隣に立っていた将軍がデッケンへ言い渡《わた》す。

「それは……、謹慎《きんしん》ということですか？」

デッケンの問いをコスタスが即座《そくざ》に否定した。

「いや、そういうわけではない。職務を離れてしばらく自由に動いてみるのも、見聞を広めるには良いのではないかな？　自らを鍛《きた》えるも良し、演習を行って兵を鍛えるも良しだ」

「あわせて現在編制中の第六中隊も貴官に一時預けよう」

付け加えるように将軍が言葉を引き継《つ》ぐ。

「そ、それは……」

デッケンが通常指揮下に置いている小隊に加えて一個中隊の人員。合計すれば五個小隊分、その人数は二百人を優に超《こ》える。一介《いっかい》の小隊長が指揮するには分不相応の規模だ。

しかも特にこれといった任務が与《あた》えられるわけでもない。つまり好きに使えと暗に言われているも同然だった。

「このまま一生小隊長としてくすぶるか、それとも新設される中隊の初代隊長になるか。それはそなたのこれから次第《しだい》だ」

侯爵が察しろとばかりに告げた後、横にいた将軍がさらに言葉を続ける。

「デッケン小隊長。特に任は与えぬが、貴官がトリアのためになると判断したなら麾下の部隊を使って事にあたることを許す」

「ハ、ハッ！」

緊張《きんちょう》の面持《おもも》ちでデッケンが返事をする。

「下がって良いぞ」

「ハッ！　失礼いたします！」

トリア侯《こう》の許可を得て謁見の広間を退出するデッケンの表情には、何かの決意らしきものが浮《う》かんでいるように見えた。

デッケンが扉《とびら》の向こうに消えた後、座ったままの体勢で侯爵《こうしゃく》が筆頭政務官に問いかける。

「あれで良かったのか？」

「はい、申し分ございません。あとはデッケンが独断で行うということになります。我々《われわれ》が命令を下したわけでもありませんし、その証拠《しょうこ》もありません。上手《うま》くあの女傭兵《ようへい》を排《はい》除《じょ》できたならそれはそれで良し、失敗したとしても一部士官が暴走したということで処理するまでです」

予定通り、とばかりにコスタスがすらすらと答えた。

「しかし、たったひとりの傭兵に一個中隊は大げさ過ぎんか？」

続く侯爵の疑問に答えたのは軍を統括《とうかつ》する将軍だった。

「グラインダーを討伐した傭兵です。実力は底知れぬものがありますゆえ、過剰《かじょう》なほどの戦力をぶつけるべきかと。ですがさすがにこれ以上の動員は不自然ですので……」

将軍は女傭兵の力量を甘く見積もっているわけではない。だが領軍が組織という集団である以上、周囲をごまかしつつ動かせる規模というのは限られる。

将軍の懸念《けねん》へ理解を示しつつも、筆頭政務官の老人は「それを言い出せばキリがない」と一蹴《いっしゅう》する。

「ですが知恵《ちえ》持たぬ魔物と人間は違います。足りない戦力は彼の器量に期待するしかないでしょう。確か北の砦《とりで》が空いておりましたな。演習利用ということでデッケンに使用許可書を渡しておきます。あそこなら大規模な戦闘《せんとう》が起こっても不自然ではないでしょう」

老獪《ろうかい》な政務官は少しでも策の成功率を上げるべく、現在使われていない砦の活用に思いを巡《めぐ》らせた。

グラインダー討伐から数日が経過した。

アルディスは相変わらずネーレと組んで狩《か》りにいそしんでいたが、次第に自分たちを囲むよそよそしい空気に気づき始めた。

最初は気のせいかと思っていたが、どうもそうではないらしい。以前は気さくに話しかけてくれていた街の住民がよそよそしい。道を歩いているとやたら衛兵に詰問《きつもん》される。街を出入りする際、妙《みょう》にチェックが厳しくなった。食料品や日用品を購入《こうにゅう》するために馴染《なじ》みとなっている店に行っても、迷惑《めいわく》そうな顔をされてしまう。手持ちが残りひとつとなった治療薬《ちりょうやく》を買い足しに行けば「もう店に来ないでくれ」と追い返される始末であった。

通りを歩くアルディスたちに向けられる住民の視線も、友好的とは言いがたい。特別害があるわけではないが、居心地《いごこち》の悪さと理由の分からない気味悪さはぬぐえなかった。

そんなある日、ひとりで歩いていたアルディスを呼び止める声がした。

「アルディスさん。アルディスさん、こっちこっち」

声のした方を見れば、横道から手招きしている女の姿が目に入る。鳶色《とびいろ》の髪《かみ》を結《ゆ》わえた快活そうな若い女。見覚えのある顔だった。

アルディスは一応の警戒《けいかい》をしながら女のいる横道へと入っていく。

「えーと……、確か……カシハだったか？」

「あ、覚えていてくれたのね。お姉さんちょっと嬉《うれ》しいわ」

アルディスが双子《ふたご》と共にしばらく泊《と》まっていた宿『止まり木亭』の娘《むすめ》だった。

「俺に何か用か？」

「あー、うん……。ホントはね、宿を引き払《はら》ったお客さんに干渉《かんしょう》するのは良くないことなんだけど……。まあ、あれよ……。アルディスさんの場合ちょっと事情が事情だしね……」

　自分から呼び止めておきながら、若干《じゃっかん》言葉を濁《にご》しつつ口を開く。

「アルディスさん。最近、衛兵に目をつけられてない？」

「……何を知ってる？」

「ええ……とね。この前うちの宿に領軍の兵士が来たのよ。デッケンとかいう名前の若い兵士なんだけどさ。そいつが妙にアンタのことを根掘《ねほ》り葉掘《はほ》り聞いてきたもんで……」

「まさか双子のことを話したんじゃないだろうな？」

　鋭《するど》い目でアルディスから睨《にら》まれ、カシハはビクリと身をすくませた。

「い、いや、まさか。宿が客の秘密をペラペラ喋《しゃべ》ったんじゃあ信用問題だよ。兵士相手に嘘《うそ》はつけないから泊まった期間とかは話したけど、双子のことは話してないよ。ただ……」

「ただ？」

「うちの宿泊客《しゆくはく》にも話を聞いて回ったらしくて……、たぶん双子のこともバレてると……」

　アルディスは思い切り舌打ちをしたい気分になった。

　苦々しげな表情でそれを耐《た》えると、懐《ふところ》から銀貨を取り出してカシハに渡す。

「ありがとよ。ようやくここ数日感じていた居心地悪さの原因がわかった」

「ごめんよ。助けになれなくて……」

「気にすんな。今の話を伝えてくれただけでも十分だ」

　じゃあな、と言い残してアルディスは表通りに足を向ける。

「テッドたちにも話を聞いておくか……」

予定を変更《へんこう》してテッドたちが滞在《たいざい》している宿へ赴《おもむ》くと、のんびりと昼食後のお茶を飲んでいた面々にここ数日の状況《じょうきょう》について話した。

グラインダー討伐《とうばつ》の詳細《しょうさい》は、一般《いっぱん》領民に知られていない。当然、領軍がまったく手も足も出なかったことや、結局傭兵が討伐してしまったことも当事者たちしか知らないだろう。

しかし現場にいた領軍の兵士たちは知っている。とりわけ指揮を執《と》っていた中隊長や小隊長にとっては、完全にメンツをつぶされたわけだ。それがアルディスたちへの敵意や恨《うら》みに変わっている可能性を考えた。

だが話を聞いてみれば、テッドたちの方は特にそういった変化を感じていないらしい。ということは、領軍の敵意が向いている先もアルディス個人に限定されていると考えるのが妥当《だとう》だろう。以前からアルディスは領軍やその統括者である将軍に良く思われていなかったのだ。グラインダー討伐の件をきっかけに、悪感情が敵意へ変わったのかもしれない。

結局その日は話をしてそのまま家に帰ったアルディスだったが、二日後になってテッドたちから呼び出しを受けることになる。

「理由がわかったよ」

ノーリスが端的に口火を切った。

今さらなんの理由かを問う必要もない。アルディスは無言のまま目で話をうながした。

「直接の原因はあの子たちの存在がバレてしまったことだけど、そもそもの原因はアルディスのところに居る彼女――ネーレだ」

どうやらノーリスは昨日一日かけて調べてくれていたらしい。

直接の原因自体はアルディスにも予想がついていた。止まり木亭のカシハから聞いた話だけでも十分推測できることだ。

ただ、止まり木亭に兵士がやって来たきっかけが先日のグラインダー討伐だったなら、アルディスばかりが嗅《か》ぎまわられるのはなぜか。これが疑問だった。

「もともと僕らが持ち込んだ話だったけど、ネーレを領主の館《やかた》に連れて行く依頼《いらい》があったよね？」

「ああ、ネーレと会ったのはあの時だな」

「で、アルディスの役目はネーレを領主の館へ案内するまで。そこから先は同行してないんでしょ？」

「そりゃそうだ。そこまでする義理はないし、そもそも館に入れてもらえるとも思えない」

「うん、そだね。問題はそこからみたいだ」

「そこから？」

ネーレを領主の館に連れて行ってから、彼女がアルディスの家に来るまでのことは当然知らない。興味がないので訊《き》いたこともなかった。

「これはまあ、侯爵や領軍の恥《はじ》になるから箝口令《かんこうれい》が敷《し》かれていたらしいんだけど、あのネーレって人、そのときいろいろやっちゃったみたい」

「いろいろ？」

「何でもね、筆頭政務官や将軍に向かって無礼な態度を取ったあげく、領軍随一《ずいいち》の使い手と呼ばれた小隊長をコテンパンにしちゃったらしいよ。しかもその後出てきた侯爵にもこれまたろくに礼もとらず一方的に言葉を叩《たた》きつけて出て行ったんだって」

何をやっているんだあの女は、とアルディスは頭を抱《かか》える。

今ではパートナーとしてそれなりに信頼している自称《じしょう》アルディスの従者だが、時として彼の予想を軽々と覆《くつがえ》す行動に出る。

アルディスの家に来る前のことなど正直言って知ったことではない、と弁解したいところだが、今さら知らんぷりもできないだろう。従順なふりをしておきながら、とんでもない爆弾《ばくだん》を抱えたままやって来てくれたものだ。

「で、その時にネーレと戦った領軍随一の使い手が、この前僕らがグラインダー討伐した時にいたデッケンっていう小隊長みたい。覚えてるかな、アルディス？」

アルディスは黙《だま》って首を横に振る。名前だけは聞いていたが、顔は思い浮かばなかった。

「その小隊長にしてみれば、侯爵たちお偉方《えらがた》と同僚《どうりよう》の隊長たちが見守る中、手も足も出ずにやられちゃったことになる。あげくのはては、名誉挽回《めいよばんかい》しようとしたグラインダー討伐でも配下の兵を半分以上死なせた上に、戦功を全部傭兵に持って行かれたんじゃあ……」

恨みたくもなるだろうね、と軽薄《けいはく》な笑いを浮かべてノーリスが話を続ける。

「たぶん標的はアルディスじゃなくてネーレだったんじゃないかな？　で、同じ家に住んでるアルディスの身辺調査をしていたら、たまたまあの子たちを保護していることがわかった、と。双子の噂《うわさ》を広めて回るくらいには恨まれてるみたいだよ」

ノーリスが言うには、双子の噂は領軍の兵士たちから街の住民へと広がっていたらしい。

「しかし、それはデッケンという小隊長個人の恨みだろう？　いくら双子のことがあるといっても、衛兵全員がそろいもそろって小隊長程度に迎合《げいごう》するもんかね？　言っちゃあ悪いが、たかだか小隊長にそこまでの権限も影響力《えいきようりよく》もないだろう？」

「それがね、アルディス。そもそも最初にネーレを領主の館に呼びつけたのって、領軍の中隊長が彼女に負けちゃったというのが原因らしいよ」

「はあ？」

「彼女が街道《かいどう》で通りすがりの人へ手合わせを挑《いど》んでたとき、敗れた人間の中に領軍の中隊長がいたんだって」

「それって……」

アルディスが眉《まゆ》をひそめる。

「そう。つまり中隊長の負けをもみ消すために館へネーレを呼び出して、一番強いヤツをぶつけたのにもかかわらず、また惨敗《ざんぱい》。さらにグラインダー討伐の功も持って行かれちゃった、と。デッケンという小隊長個人に止《とど》まらず、領軍としても面白《おもしろ》くはないよね」

「つまり、あれか？　領軍丸ごとから睨まれてるってことか？」

「うーん……。その言い方はおかしいかな？　もともとアルディスが領軍から睨まれていたところをさらにネーレが煽《あお》り立てたって感じだと思うよ」

アルディスはテーブルに突《つ》っ伏《ぷ》した。

火をつけたのはネーレだが、それ以前に睨まれていたアルディスにも原因の一端《いったん》はある。これでは一方的にネーレを責めるわけにもいかない。

以前、剣魔術《けんまじゅつ》の指南をすげなく断ったことで、将軍や隊長格に悪い印象を与《あた》えていたからこそ、ネーレに対する恨みとの相乗効果でアルディスも合わせて敵視されるようになったのだろう。それが結果的に双子の情報漏洩《ろうえい》につながってしまったというわけだ。

「領軍の大部分にしてみれば、僕らは彼らの功績をかすめ取った守銭奴《しゅせんど》だろうし、上層部から事実とは違《ちが》うねじ曲げられた情報を与えられれば、末端の衛兵たちは信じちゃうんじゃないかなあ？　今回はネーレに対する小隊長の個人的恨みへ、領軍のメンツから来る組織的恨みが乗っかっちゃったって感じだろうね」

と、ノーリスが話を締《し》めくくった。

ノーリスのおかげで、アルディスが感じていた違和感《いわかん》の正体はハッキリとした。

今すぐどうこうということもないだろうが、放置していい問題でもない。

とはいえ原因がなんの根拠《こんきょ》もない忌《い》み子の迷信《めいしん》だけに、解決するのも容易ではないだろう。魔物討伐のように力でねじ伏《ふ》せて終わり、というわけにはいかないのだ。なまじ女神《めがみ》やら信仰《しんこう》やらが絡《から》んでいる分、非常に根は深い。

もう一方の原因である、ネーレと領軍との関係も完全にこじれてしまっている。小隊長から目の敵《かたき》にされ、領軍がそれを後押ししているのでは、穏便《おんびん》に解決するとも思えない。聞けば領主も敵に回していそうな感じだ。

テッドたちと別れ、往路と同じように住民の不躾《ぶしつけ》な視線を浴びながら家に戻《もど》ったアルディスは、リビングに入るなりソファーへ沈《しず》み込む。できることならこのまま、うたた寝《ね》をしてしまいたいところだった。

「はあ……。もういっそのことトリアを出るか」

「どうしたかね、我が主《あるじ》よ」

ため息をつくアルディスの背後から、トレイを手にしてネーレがやってくる。テーブルの上にふたり分のお茶を置くと、隣《となり》に腰《こし》を下ろして自分のカップへ口をつけた。

なんだかんだとアルディスと同じ屋根の下で暮らすようになった従者は、掃除洗濯炊事《そうじせんたくすいじ》と多芸なところを発揮し、家の中で確固たる地位を築いていた。今ではこうして休憩《きゅうけい》するアルディスにお茶を淹《い》れるなど、従者らしい気配りも見せている。

一方でぞんざいな口のきき方は相変わらずだし、アルディスを主と呼ぶわりには平然と隣に腰掛《こしか》けて主人よりも先にお茶を飲み始めるなど、本当に従者としての自覚があるのか疑わしいところもある。

だが、少なくともアルディスの意に沿うよう行動してくれるし、双子《ふたご》の面倒《めんどう》もきちんと見てくれる。最近は双子も慣れてきて、ネーレと会話をする姿も見かけるようになった。

今回、とんでもない爆弾を懐に忍《しの》ばせていたことが判明したわけだが、それでもすぐさま追い出さない程度には親しみを感じ始めている。

「どうも侯爵《こうしゃく》や領軍に目をつけられているらしい」

お茶で口を湿《しめ》らせながらアルディスは言った。

「それで何か不都合があるのか？　あのような取るに足らぬ小物、我が主の命であれば今から滅《ほろ》ぼしてくるが？」

「やめてくれ」

そんなことは望んでいない。

叩きつぶしてすむ問題ならそれでいい。わざわざネーレに頼《たの》まなくても、アルディスひとりで領主の館に乗り込めばいいのだから。

問題はその後だ。相手は侯爵、その背後にいるのはナグラス王国である。トリア侯を滅ぼすということは、つまり王国にケンカを売るのと同じことと言えよう。アルディスは一介《いっかい》の傭兵《ようへい》だ。別に国を相手取って内乱を起こしたいわけじゃない。

いざとなれば他《ほか》の国へ活動の拠点を移してもいいし、現時点でも動いているのが侯爵と領軍だけである以上、国としてはまだ関与《かんよ》していない可能性がある。トリアを出てさえしまえば、問題は自然と沈静《ちんせい》化するのではないか。そんな考えが、「いっそのことトリアを出るか」という言葉につながっている。

「しばらくは大人しくしておくか。この状況で家を空けておくのは不安だ」

時間をおけば住民たちは落ち着くかもしれないし、侯爵や領軍はアルディスたちに悪意を持っていたとしても、法を守らせる立場である以上、できることは限られている。もちろん相手が法を誠実に守っている限りは、だが。

「ネーレは侯爵に会ったことがあるんだよな？　どんな人物だった？」

将軍の為人《ひととなり》はアルディスも分かっている。尊大ではあったが、法や秩序《ちつじょ》は守ろうとするタイプだ。領主がしっかりと手綱《たづな》を握《にぎ》っていれば、暴走はしないだろう。

だがトリアの最高権力者である侯爵に直接会ったことはない。住民の評判を聞く限りでは、有能な為政者《いせいしゃ》という印象を受けた。直接会ったことのあるネーレなら、アルディスよりも正確な人物評を持っているだろう。

「知性のない下劣《げれつ》で貪欲《どんよく》な豚《ぶた》」

カップを口に運んでいたアルディスの手が止まる。

「……は？」

「だから領主のことであろう？　『知性のない下劣で貪欲な豚』だと言っている」

思いのほか毒を含《ふく》んだ人物評だった。

「そ、そうか………、ちなみに将軍はどうだった？」

「野良犬《のらいぬ》相手によく吠《ほ》える駄犬《だけん》」

それを聞いてアルディスはなるほど、と納得《なっとく》する。将軍に対する評価はそれほどアルディスと食い違っていない。侯爵に対するネーレの評価も、単純に偏見《へんけん》や好悪《こうお》の感情から発したものではなさそうだ。

となれば、『法が許す、許さない』で判断しない方がいいだろう。卑劣《ひれつ》な手段を使ってくる可能性があるかもしれない。

「警戒《けいかい》しておいた方が良さそうだな」

それからというもの、アルディスは家全体を敵意ある者のみ拒《こば》む防壁《ぼうへき》で包むようになった。アルディスの魔力を使った防壁ならば、そうそう破ることなどできないからだ。

その日もアルディスは家の周囲へ防壁を巡《めぐ》らせる。ネーレが所用で外出し、当のアルディスはうららかな昼下がりの空気に逆らいがたい眠気《ねむけ》を感じていたからだ。

もちろん眠っていたからといって、侵入者《しんにゅうしゃ》の存在にアルディスが気づかないはずはない。アルディスの傍《かたわ》らでスヤスヤと寝息を立てている双子へ危害が加えられるまでの間に、敵を十回叩きのめす程度の余裕《よゆう》はある。

それを油断と言うのは酷《こく》だろうか？　双子の側《そば》で船をこぎ始めたアルディスが、眠りにつくまでそれほど長い時間はかからなかった。

アルディスが眠りに落ちてから少し経《た》った頃《ころ》。子供用のローブを着込み、フードを目深《まぶか》にかぶった小さな人影《ひとかげ》がふたつ、家から飛び出していった。

「アルディス怒《おこ》らないかなあ？」

「すぐに戻れば大丈夫《だいじょうぶ》だよ」

声の主は双子の姉妹《しまい》、フィリアとリアナだ。

アルディスが眠っているのをいいことに、こっそりと家を抜《ぬ》け出して街へ繰《く》り出しているのである。先日ふたりきりで街を歩いてからというもの、アルディスとネーレが狩《か》りに出かけている合間にしばしば街へ出かけるようになっていた。

「おじいさんに会いに行こう」

「今日はいるかなあ？」

初めてふたりきりで街へ出たとき、たまたま出会った老爺《ろうや》。ふたりが双子だと知っても態度を豹変《ひょうへん》させたりしない老人に、ふたりはよく会いに行っていた。

その老人はアルディスとネーレ以外でふたりに優《やさ》しく接してくれる数少ない相手だ。ふたりの話を嫌《いや》な顔ひとつせず聞き、家の中でもできる遊びを教えてくれ、ときおり甘い果実を分けてくれることもあった。ふたりにとって家を抜け出す理由の大部分は、この老人に会うためと言っていいほどだろう。

通い慣れた道を歩き、いつものように顔を見られないよううつむき加減に歩いていたふたりが、路地でイスに座った老人を見つける。

「あ、おじいさんだ！」

「おじいさーん！」

嬉《うれ》しそうに声をあげてふたりが小走りで近寄ろうとしたその時、ふたりと老人の間に割って入る人影があった。

「え？」

突然《とつぜん》のことにうろたえる双子。

割って入ってきたのは、数人の大人。いずれも屈強《くつきよう》な男ばかりだ。簡易な革《かわ》の胸当てを装着し、手には槍《やり》を持ち、腰には短い剣を一振《ひとふ》り下げている。その目は全《すべ》て双子へと向けられていたが、お世辞にも友好的な視線とは言いがたいものだった。

「あ、あの……。兵士さん、何か御用《ごよう》ですかな？」

老人が戸惑《とまど》いながら問いかけると、一団を代表して赤みがかった茶髪《ちやぱつ》の男が口を開いた。

「我々《われわれ》は今、トリアに仇《あだ》なす不届きな者たちを追っている。この子供たちはその関係者である疑いが強い」

「いや、そんな……。こんな子供がですかの？」

「子供だからとて油断はできぬ。なんせこやつらは……双子だからな」

もともと鋭《するど》すぎる目つきをさらに細めて男が双子を睨《にら》む。ふたりの肩《かた》がビクリと跳《は》ねた。

「捕《と》らえろ！」

男の号令を受けて、周囲にいた男たちが双子の腕《うで》をひねりあげる。

「やだ！　やめて！　痛い！」

「助けて！　おじいさん！」

かぶっていたフードが外れ、ふたりのプラチナブロンドがふわりとあらわになる。

「待ってくだされ！　幼い子供にそんな乱暴なことをせんでも！」

「ほう。お前、このふたりをかばい立てするのか？」

反射的に抗議《こうぎ》した老爺へ、茶髪の男が睨みをきかせる。

「こいつらは叛逆者《はんぎやくしや》と関係のある者たちだぞ？　それをかばうというのがどういうことか、わかっているんだろうな？　ましてや双子をかばい立てしたとなれば、お前だけでなく家族にも嫌疑《けんぎ》がかかりかねんぞ？」

男の言葉に老人が怯《ひる》む。何かが老人の中でせめぎ合っているようだった。

「おじいさん……？」

救いを求めるフィリアの声が震《ふる》えていた。

老人はふたりから視線をそらすと、目を閉じて顔を歪《ゆが》ませる。その口が「すまん……」と声にならない声を紡《つむ》いでいるようだった。

「よし！　さっさと確保して撤収《てつしゆう》するぞ！」

双子はまたたく間に手足を縛《しば》られ、男たちに担《かつ》ぎ上げられる。

「半信半疑だったが、まさか本当にあの女が双子を囲い込んでいるとはな。これで良い大義名分ができた。どうやって真偽《しんぎ》を確認《かくにん》したものかと考えていたが、女神様《めがみ》は私の味方らしい。うまい具合にノコノコと自分たちからやってきてくれるとは……、ハハハッ」

「デッケン隊長。この双子はどうなさるのですか？」

機嫌よく笑うデッケンへ、ひとりの兵士が指示を請《こ》う。

「そいつらをエサにして北の砦《とりで》へあの女をおびき出す。今頃は砦の方も迎撃《げいげき》準備が整っているところだろう。いくらあの女が手練《てだ》れだと言っても、さすがに一個中隊以上を相手に勝てるわけがない。お前の分隊はすぐに双子を連れて行け。向こうに着いたら地下牢《ちかろう》へ入れておけばいい」

「承知いたしました！」

「そこのお前、後であの女に対する召喚状《しょうかんじょう》をしたためるから、家の玄関《げんかん》にでも置いてこい」

「ハッ！」

「残った者は私について来い！　準備を整えた後、砦で女傭兵を迎《むか》え撃《う》つぞ！」

ひと通りの指示を出し終えると、身をひるがえして自宅のある区画へと足を向けた。

◆

デッケンの実家は代々トリア侯《こう》に仕える軍人の家柄《いえがら》である。系譜《けいふ》をさかのぼれば二百年を超《こ》え、ナグラス王国建国時にトリア侯の補佐《ほさ》で功を立てたのをはじめとして、以後トリア領軍の一角を担《にな》ってきた。

当時無名の一兵士であった先祖は敗北必至と思われた防衛戦で獅子奮迅《ししふんじん》の働きを見せ、その功で将軍に取り立てられたと伝えられている。押し寄せる敵軍をはねのけた先祖の手には、刃《やいば》に呪術《じゅじゅつ》的な文字を刻んだ大剣《たいけん》があったという。

部下たちを門の外で待機させたデッケンは、自宅の地下へと設けられた一室へ足を踏《ふ》み入れる。

一族以外立ち入ることを禁じられた室内へ、デッケンはランタンを片手に入っていく。暗闇《くらやみ》に包まれた壁《かべ》や天井《てんじょう》をランタンの光がおぼろげに照らした。

地下室の中には先祖たちが蓄《たくわ》えてきた資産の一部――美術品や魔力《まりょく》を帯びた道具――が並べられている。同時に武器や防具の類《たぐ》いも数多く見られ、それはデッケンの家系が代々武をもって家を保ってきた何よりの証《あかし》であった。

「確かこの奥に……」

付き添《そ》いもなくひとりきりでやってきたデッケンが、ひとりごちる。

大して広くもない地下室の奥。もっとも入り口から遠い壁にその剣は据《す》えられていた。

「これだ」

小さな長机の上に台座が置かれ、その上に横たわる一振りの大剣。デッケンの先祖がトリア侯に召《め》し抱《かか》えられた時、手にしていたという家宝の剣だ。

今となってはこの地下室から持ち出されることもなく、実際に振るわれているところを見た者はいない。非常に強力な剣だが、決して軽々に振るってはならないと代々伝えられてきたからだ。デッケン自身、父親からは「もはやこれ以上後がないという瞬間《しゆんかん》まで使ってはならない」と強く言い聞かされていた。

「だからこそ、今使わなくていつ使う？」

デッケンにしてみれば今こそが踏み止《とど》まらねばならない時である。

女傭兵《ようへい》に領主の前で赤子扱《あつか》いされ、汚名《おめい》返上の機会として与《あた》えられたグラインダー討《とう》伐《ばつ》では多大な損害を出した上にまたもや傭兵に功をさらわれた。同僚《どうりよう》たちの中にはあからさまにデッケンを見下す者も出始めていた。

「使えるものを使わないのは愚《おろ》か者の生き方だ」

もう失敗は許されない。次の失敗はつまり、デッケンが今後栄達する道を断《た》たれるに等しい。ならば先祖の残した言葉などに束縛《そくばく》されるべきではなかった。

大剣の持つ力が言い伝えられているほど強大であるならば、きっとあの女傭兵の力を凌《りよう》駕《が》することができるだろう。

「問題は代償《だいしよう》だが……」

先祖から伝えられているのは大剣の力だけではない。その力を用いるに必要な代償が求められることも伝わっている。しかし――。

「ちょうど良い。忌《い》み子が使えるな」

冷たい目で笑《え》みを浮《う》かべるデッケンは、その手を台座に伸《の》ばす。台座の上に整然と並べられた五つの小さな指輪を全て懐《ふところ》にしまい、大剣を手にして地下室を後にした。

召喚状の存在にまず気が付いたのは、外出先から戻《もど》ってきたネーレだった。

帰宅したネーレに起こされたアルディスは、双子《ふたご》の姿が見あたらないことに戸惑う。すぐさまその気配を探知しようと魔力の膜《まく》を広げるが、ふたりの存在は確認できなかった。

敵意を持った者の接近はなかったはずだ。そんなものがあればアルディスも気づかないはずはない。となると――。

「あいつらが自分で外に出て行った、か……」

苦々しい表情でアルディスがつぶやく。

出会った頃の双子は人間や外の世界をとても恐《おそ》れていた。だから進んで外へ出て行くとは思っていなかったのだ。

「俺の見通しが甘かった。探しに行くから、ネーレは留守を頼《たの》む」

「待つが良い、我が主《あるじ》よ」

すぐにでも飛び出そうとしていたアルディスを呼び止め、ネーレがその手に持った一通の封筒《ふうとう》を差し出す。

「なんだ、それは？」

「大方ろくな内容ではなかろうよ」

未開封《みかいふう》の封筒をネーレは冷たい目で見ていた。

「宛名《あてな》が『女傭兵』？　ネーレ宛《あ》てか？　まだ開封もしていないみたいだが、俺が開けていいのか？」

「構わぬよ。そのような宛名でよこす以上、好意的なものではあるまい。タイミングから考えて双子に関連したものであろう」

肯定《こうてい》する代わりに無言で封筒を受け取ったアルディスは、すぐさま封を切って中身を確認する。

「召喚状？」

中に入っていたのは一枚の紙。それは『召喚状』と記された呼び出し状だった。文面を読み進めていたアルディスの目に剣呑《けんのん》な光が宿り始める。

「ちっ！　ここのヤツらはどいつもこいつも双子双子と……！」

アルディスの中で言いようのない怒《いか》りがふくれあがる。

召喚状に書かれていたのはネーレを呼び出す旨《むね》。そしてすでに双子がその手中にあるということを匂《にお》わす表現だった。直接的な表現はないものの、双子を人質《ひとじち》にしてネーレを誘《さそ》い出しているのは明らかだ。

アルディスの手から召喚状を受け取り、目を通した後でネーレがまぶたを閉じる。

「すまぬ、我が主よ。我の問題にあの子らを巻き込んでしまったようだ」

「ネーレのせいじゃない。いずれは双子の存在もバレただろう」

双子が自分たちの意思で外へ出たのなら、いずれはその存在も街の人間に知られていただろう。いつまでも隠《かく》し通せるものではないし、それまでには何らかの対策を考えておくつもりだったが、今となっては後の祭りである。問題は今どうするかだ。

「では主よ。下知を」

それはネーレも十分理解しているのだろう。すぐに切り替《か》えて主の指示を請う。

アルディスはトリアへ来てからのことを思い返す。ノーリスに言わせれば好き放題やっているということだが、これでもアルディスなりに問題を起こさないよう気配りをしてきたつもりだ。領軍や教会とは可能な限り揉《も》めないよう距離《きょり》をとっていたし、他《ほか》の傭兵からも恨《うら》みを買わないよう派手なことはしていない。グラインダーの討伐に参加したのも領軍との摩擦《まさつ》を避《さ》けようと思えばこそだ。

だがそんな努力も結局実を結ばなかったらしい。双子の存在がなければこの事態は避けられたのだろうが、だからといって今さら双子を見捨てる選択肢《せんたくし》などあるわけがない。

召喚状の宛名はネーレだが、双子が巻き込まれている以上、実質はアルディスに向けられた挑戦状《ちょうせん》と何ら変わりないだろう。領軍が双子を理由にアルディスへケンカを売ってくるなら、それ相応の対処を選ぶだけだった。

「こっちが頼んだわけじゃないが、そんなに売りたいってんなら買ってやろうじゃないか」

アルディスが怒りを込めて宣言する。

「お代なんぞ、銭貨《せんか》一枚もくれてやるつもりはないがな」


トリアから北へ馬で二時間ほど進んだ場所に、郊外《こうがい》の練兵場としても使われている砦があった。

デッケンは女傭兵宛ての召喚状をしたためた後、部下数名と馬を駆《か》って砦へとたどり着く。砦ではデッケン指揮下の小隊と新たに任された一個中隊の戦力が、女傭兵の到着《とうちゃく》を手ぐすね引いて待っていた。

「来るとすれば明日の朝か……。いや、闇に乗じて今晩忍《しの》び込んでくる可能性もあるな」

デッケンは夜番の強化を指示して回る。

「敵の侵入《しんにゅう》には十分警戒《けいかい》しろ！　明かりは絶やすな！　監視《かんし》と巡回《じゅんかい》は必ず二人一組で――」

「デッケン隊長！」

「なんだ！」

デッケンの声を遮《さえぎ》って、ひとりの兵士が報告する。

「トリア方面から徒歩で近づいてくる人影《ひとかげ》があります！」

「人影だと？」

眉間《みけん》にシワをよせてデッケンが疑問を浮かべる。自分たちが到着して以降、この砦にやって来る予定の人間はいないはずだった。いずれ女傭兵がやって来るだろうが、それは早くても夕刻以降の話だ。

「人影はふたり。そのうち一方は装《よそお》いから例の女傭兵と思われます！」

「馬鹿《ばか》な！」

反射的に否定の言葉が口をつく。

当然だろう。デッケンですら馬を走らせてこの砦へたどり着いたのがつい先ほどなのだ。部下が召喚状を送りつけた後すぐにトリアを発《た》ち、軍馬を走らせでもしなければここまで早く到着することなどあり得ない。だが通常は軍馬を傭兵が借り受けることなどできないし、そもそも報告者は女傭兵が徒歩であると告げている。

デッケンは急ぎ見張り台に上がると、南へと遠見の道具を向けてのぞき込んだ。

「確かに……、あの女だ。しかし徒歩だと？　どうやって徒歩でこの短時間にここまで……。いや、そんなことはどうでもいいか」

見張り台を駆け下り、すぐさまデッケンは周囲の部下たちへ迎撃《げいげき》の指示を出し始める。百を超《こ》える剣と槍《やり》、百を超える弓矢、それだけではなくトリア領軍に所属する魔術師までも十人ほど動員しているのだ。これだけの人数を相手に生きて帰れる者など皆無《かいむ》だろう。

「総員配置につけ！　相手がふたりだからといって気を抜《ぬ》くな！」

砦《とりで》の内部で指示の声が飛び交《か》い始める。兵士たちの走る足音が響《ひび》きわたった。

砦の正門から続く練兵場に剣と槍を装備した歩兵がコの字形に列をなし、それを見下ろす外壁《がいへき》には弓兵がずらりと立ち並ぶ。練兵場の奥には全体を見渡《みわた》せるよう五メートルほど高い位置に観閲台《かんえつ》があり、デッケンと領軍の魔術師たちがそこに立っていた。

あらかじめ定められた配置へ全《すべ》ての兵が整列し終わり、やがて砦の中に静寂《せいじゃく》が訪《おとず》れる。

「よし、門を開い――」


デッケンが開門を指示しようとしたその時、割り込むように爆音《ばくおん》が響いた。

トリアの街から急ぎ北へ進んだアルディスたちは、砦をその目で確認《かくにん》すると自らの姿を見せつけるようにゆっくりと歩を進める。

「あれが召喚状《しょうかん》にあった砦か」

「そうであろうな。さて、どうするね、我が主？」

「どうするとは？」

「まずは交渉《こうしょう》から始めるか？」

ネーレの提案をアルディスは鼻で笑う。

「向こうが土下座して乞《こ》い願うなら聞いてやらんこともないが――」

冗談《じょうだん》めかした物言いとは裏腹に、アルディスの目は全く笑っていない。

「まずは、俺にケンカを売るってことがどういうことか、教えてやってからだな」

そう口にしてアルディスが右手を振《ふ》り上げると、時間をおかず周囲の地面が揺《ゆ》れ始めた。

みるみるうちに周辺の地が割れ、その下から馬車の荷台と比べても遜色《そんしょく》のない大岩が浮かび上がってくる。その数は十あまり。宙に浮かんだそれは、アルディスによって地下深くの岩盤《がんばん》から引きずり出された巨大《きょだい》な質量弾頭《だんとう》だ。

無言で振り下ろされる右手に呼応して、全ての大岩が放たれた矢のように猛《もう》スピードで砦へ飛んでいく。

やがて小さくなった大岩の群れが一点に集中しきったその時、全ての弾丸を受け止めることになった砦の門が轟音《ごうおん》と共にはじけ飛んだ。

有事には軍事拠点《きょてん》ともなる砦であれば、その外壁や門も非常に強固であろう。だがそれはアルディスが放つ攻撃《こうげき》に耐《た》えきれるほどのものではなかった。

もくもくと立ちこめる砂煙《すなけむり》。音を立てて崩《くず》れる門と周辺の外壁。おそらく砦の中は騒《そう》然《ぜん》としているだろうが、さすがにその声までは聞こえてこなかった。

「行くぞ、ネーレ」

「承知した。我が主よ」

あいさつはすんだとばかりに、ネーレを従えてアルディスが悠然《ゆうぜん》と歩き始める。

ゆっくりと砦へ近づくも、砦側からは何の反応もない。もともとアルディスたちがたどり着くまで手を出すつもりはなかったのか、それとも破壊《はかい》の混乱でそれどころではないのかはわからなかった。

それが後者だと判明したのは、アルディスたちが門の前にたどり着いた時だ。門と外壁が崩れ、ガレキと化したその向こうで怒号《どごう》が飛んでいる。

「救護班！　まだか！」

「負傷者はすぐに下がれ！　第二十一分隊に代わって第三十五分隊は包囲の配置につけ！」

「こっちだ！　こっちに負傷者がいる！　誰《だれ》か手を貸してくれ！」

おそらくアルディスの攻撃で受けた被害《ひがい》が大きかったのだろう。いまだに態勢を整えられていないようだった。

もちろんそれは相手の事情である。アルディスにしてみれば、だからどうしたという話だ。何もなかったかのように、ガレキの山を踏《ふ》み越《こ》えて砦の中へと歩みを進めた。その拍子《ひょうし》にガレキの一部がアルディスの足にあたり、カラリと音を立てて落ちていく。

騒然としていた砦の内部が一瞬《いっしゅん》にして静まりかえる。現れた黒髪《くろかみ》の少年に数百の瞳《ひとみ》が集中した。

「き、来たぞー！」

「全員戦闘《せんとう》配置ー！」

「隊列を揃《そろ》えろ！」

次の瞬間、思い出したかのように指示が飛び交い、兵士たちが各々《おのおの》武器を構え始める。

そんな状況《じょうきょう》の中、練兵場の中央まで足を進ませたアルディスたちに向けて、観閲台の上から士官らしき若い男が声を響かせた。

「待っていたぞ、女！」

やや赤みを帯びた茶髪《ちゃぱつ》、鋭《するど》すぎる目つきはアルディスにも見覚えがある。グラインダー討伐《とうばつ》の際に隊を率いていた士官のひとりだ。

（あれが、デッケンとかいう小隊長か）

その男が指揮官と判断したアルディスは手持ちのショートソードを引き抜くと、予備動作なしで投擲《とうてき》した。

「逃《に》げずにやって来たことだけは褒《ほ》め――！」

魔力《まりょく》で操《あやつ》られた剣《けん》が矢よりも鋭く男の首もとをかすり、その背後にある壁《かべ》へ突《つ》き刺《さ》さる。

「――てや……る」

突然《とつぜん》のことに途切《とぎ》れ途切れの言葉で口を動かすデッケン。それまで全く目に入っていなかったであろうアルディスにようやく注意を向け、激昂《げきこう》して叫《さけ》んだ。

「キ、サマァァァ！　いったい何のつもりだ！」

「それはこっちのセリフだ。さっさとあのふたりを返せ。今ならまだ大目に見てやる」

感情を押し殺してアルディスが告げる。

「ふざけるな！　そんな口がきける立場だと思っているのか！　ええい、何をしている！　退路を塞《ふさ》げ！　弓構え！　逃がすなよ！」

苛立《いらだ》ちをあらわにしてデッケンが周囲へ指示を出す。練兵場に展開していた兵士たちがアルディスたちを遠巻きに囲み、外壁の上では百を超える弓兵が狙《ねら》いを定めて矢をつがえる。

「女！　キサマの不愉快《ふゆかい》な顔もこれで見納めだ！　そこの生意気な小僧《こぞう》と共にあの世へ行

くがいい！　弓兵、撃《う》てぇ！」

たったふたりの人間を目がけて、百本以上の矢が降り注ぐ。風切り音を立てて明確な害意がアルディスたちを襲《おそ》った。

どれだけ熟練の傭兵《ようへい》だろうと、通常なら絶体絶命の危機である。だが標的となっているのはアルディスとネーレ。いずれも通常という言葉からかけ離《はな》れた異質な個体だった。

「我が主《あるじ》、ここはお任せを」

ネーレが腕《うで》を横にひと振りする。

それが合図であったかのように、夏の嵐《あらし》もかくやという暴風がふたりを中心に巻き起こる。今まさにふたりを射貫《いぬ》こうとしていた矢は、その強い風に巻き込まれ、いずれもがあさっての方向へと飛び去っていった。

「お返しだ」

聞こえていないのを承知でつぶやいたアルディスが、左右の外壁へ手のひらを向ける。

一拍置《いっぱく》いて両手の先へ青白一対《いっつい》の光球が生まれると、高速で互《たが》いに回転しあいながら外壁へ放たれた。右手からは右の外壁へ、左手からは左の外壁へ、左右ふたつずつの光球が弧《えが》を描いて飛ぶ。

外壁上の兵士たちにとっては突然のことだっただろう。数多《あまた》の矢を放ち、それが強風に煽《あお》られて視界を埋《う》めたかと思えば、突然青白一対の光が突き抜けてきたのだから。

青白一対の光は互いに回転しあいながら外壁へと吸い込まれていく。

次の瞬間、何の前触《まえぶ》れもなく壁が崩れ始めた。爆発音も衝撃《しょうげき》もない、ただ外壁へ光が吸い込まれたのをきっかけにして、壁を構成していた石組みがボロボロと崩壊《ほうかい》し始めたのだ。

「く、崩れる！」

「退避《たいひ》しろ！　早く！」

こうなってはもはや弓を射るどころの話ではないだろう。武器を手から放《ほう》り出し、壁上にいた兵士たちは散り散りに逃げ出す。

「くっ！　キサマ！　何をした！」

観閲台にいるデッケンが狼狽《ろうばい》と怒《いか》りをない交ぜにした表情で叫ぶ。

「別に。外壁を崩しただけだが？」

「何だと！」

「今度はその足もとを崩してやろうか？　何なら砦全体を同じようにしてもいいんだが？ガレキの山に埋もれて部下を失いたくなかったら、さっさとふたりを返せ」

「キ、キサマ！　領軍に楯突《たてつ》いてタダで済むと思っているのか！　キサマもその女も、もはや犯罪者だ！　叛逆者《はんぎゃくしゃ》だ！　トリアの何処《どこ》にも身の置き所など無いぞ！」

デッケンの乱暴な物言いに、さすがのアルディスも憤激《ふんげき》の感情をあらわにする。

「ふざけるな。どっちが犯罪者だ。こっちが大人しくしてりゃ、好き勝手しやがって。何の罪もない子供をさらっておいて、恥《は》ずかしげもなくよくそんなことが言えたもんだな。お前たちのやったことは犯罪じゃないとでも言うのか！」

「罪もない？　ははは。双子《ふたご》だぞ？　存在そのものが穢《けが》れた忌《い》み子、それ自体が女神《めがみ》の定め賜《たも》う罪ではないか！　治安維持《いじ》を担《にな》う我々《われわれ》領軍が罪人をどうしようと、キサマが口を出すことではない！」

テッドたちに忌み子の話を聞いてから、ずっとアルディスの心にくすぶり続けていた純粋《じゅんすい》な怒りがあふれ出る。

これまでに一体どれほどの双子が苦渋《くじゅう》に満ちた一生を過ごして来たのだろうか。その原因が何の根拠もない迷信《めいしん》、しかも女神の敵だからなどというくだらない理由だという。納得《なっとく》などできない。看過などできない。誰ひとりそれにあらがえぬと言うなら、せめてフィリアとリアナにだけは自分が手を差し伸《の》べる。全てを救うことなどできないと、アルディスも理解していた。だからこそ、一度掬《すく》い上げた幼い命くらいは護《まも》り通す。

「双子に生まれたからって、それが罪だなどと馬鹿《ばか》なことがあるか！　女神が決めただ？　あんな女の世迷《よま》い言で、どうしてあのふたりが苦しまなきゃならない。俺は認めん。あの女も、その妄言《もうげん》に踊《おど》らされるお前たちも！　お前らがあのふたりに害をなすというならお前ら全員俺の敵だ！　軍がどうした？　領主がどうした？　ふたりに悪意を向けるヤツは全部まとめて相手になってやる！」

「ぐっ……。よ、傭兵風情《ふぜい》があくまでも刃向《はむ》かうつもりか……！」

自分よりはるかに年下、しかも一介《いっかい》の傭兵からの苛烈《かれつ》な敵意のこもった宣戦布告を受け、デッケンが声を詰《つ》まらせて怯《ひる》む。

だがすぐさま気を取り直すと、自らの尻込《しりご》みを取り繕《つくろ》うかのように再びアルディスたちへの攻撃を指示し始める。

「や、やれ！　矢は防げても魔法の攻撃までは防げんはずだ！」

デッケンの号令で観閲《かんえつ》台に控《ひか》えていた魔術師たちが一斉《いっせい》に詠唱《えいしょう》を開始する。

二桁《ふたけた》に届く攻撃魔法が次々と練兵場の中央にいるアルディスたちへ降り注いだ。

焼けつく『火球』が視界を歪《ゆが》ませ、『風切』が空を切り裂《さ》く。外壁《がいへき》のガレキから生まれた『岩石』がその質量をもってふたりへと襲いかかった。

「無駄《むだ》なことを」

冷ややかに笑うネーレの手が強固な魔法障壁を作り出す。所詮《しょせん》いち地方領軍の魔術師が放つ攻撃魔法。ネーレの障壁を破るなら、千人が集まってもその実現性は疑わしい。

爆音《ばくおん》と衝撃音が響《ひび》きわたり、立ちこめる砂煙が晴れた後、そこには悠然と立つアルディスとネーレの姿があった。

「な、な……。無傷……だと？」

あまりに予想外の結果を目にして、デッケンが歯ぎしりをする。

「か、かかれ！　いくら強くても相手は女と魔術師の小僧だ！　全員で押し包めば討《う》ち取れる！　魔法を使われる前に接近戦へ持ち込むんだ！」

号令を合図にして、アルディスたちを取り囲んでいた兵士たちが一斉に襲いかかってきた。

魔術師相手に近接戦闘へ持ち込むこと自体は、間違《まちが》いではない。敵の排除《はいじょ》にしろ自身の防御《ぼうぎょ》にしろ、詠唱を必要とする魔法や魔術にはどうしても時間が必要になる。

魔法をひとつ唱える間に、剣や槍《やり》による攻撃が数十も突き出されれば、もともと体力や身のこなしに劣《おと》る魔術師などひとたまりもないのだ。

だがそれはもちろん、一般《いっぱん》的な魔術師であればの話だった。

「悪いが手加減できるかどうか自信がないぞ。それでも良いなら歓迎《かんげい》してやる。この世に未練がないヤツだけかかってこい」

アルディスはブロードソードを抜《ぬ》いて右手に構えると、腰《こし》からショートソードを解き放つ。

投擲した一本も呼び戻《もど》し、手に構えた剣と合わせて三本。それぞれが別の意思を持った生き物のように兵士たちの攻撃をいなし、はじき返し、斬《き》りつけた。

「な、何だこの小僧？」

切りにする。

「魔術師のくせに、強《つえ》え！」

突き出される槍の穂先《ほさき》を半身になってかわし、素早《すばや》く相手の死角に潜《もぐ》り込むと足をなで

左右から同時に襲いかかる兵士の剣を刹那《せつな》のタイミングで見切ると、一方の兵士が持つ剣を反対側にいる兵士の肩《かた》へ向けて弾《はじ》く。

同士討ちを恐《おそ》れた兵士が一歩引いた隙《すき》を見逃《みのが》さず、踏み込んで利《き》き腕へ斬りつけた。

次々に戦闘不能となってうずくまる兵士たちすら、自身が囲まれないための障害物として利用し、周り中敵だらけの練兵場をアルディスは舞《ま》うように立ち回った。

背後ではネーレがアルディス同様、兵士を手玉にとっている。ときおり無詠唱で放つ攻《こう》撃《げき》魔法を織り交ぜながら、次々と相手を戦闘不能にしていた。

無論そんな芸当が可能な理由は、彼我《ひが》に圧倒的《あっとうてき》な力量差があるからに他《ほか》ならない。

加えて、いくらふたりを百倍の人数で囲んだところで、一度に武器を交えられるのはほんの数人だ。しかもアルディスとネーレはまるで長年連れ添《そ》った相棒のように、互いの背中を自らの守りとして包囲されないよう立ち回っている。

ここまでの乱戦になれば、遠距離《えんきょり》からの魔法攻撃や弓矢も心配する必要はない。

アルディスとネーレを中心として、兵士たちの群れが渦《うず》を巻き、中心に吸い込まれてははじき返される。もし誰《だれ》かが真上の視点から見れば、そんな情景が目に映っていただろう。

「やつらを討ち取れば殊勲《しゅくん》ものだ！　何をしている、昇進《しょうしん》の機会だぞ！　さっさと行け！」

「よっしゃ！　手柄《てがら》は俺のもんだ！」

「いや、俺が！」

分隊長らしき男の鼓舞《こぶ》に煽られて、数人の兵士がアルディスへ襲いかかった。

「それならこっちも遠慮《えんりょ》はなしだ」

もともと兵士たちは上官の命令に従っているだけで、アルディスたちへ積極的に危害を加える意思はなかっただろう。怒り心頭とはいえアルディスもそれをぶつける相手はわきまえている。できる限り兵士たちの命は奪《うば》わず、その戦闘《せんとう》能力を無力化するに止《とど》めていた。

だが功名や利己心からアルディスの敵に回るというなら話は別だ。そんな輩《やから》にまで配慮するほどお人好《よ》しではないのだから。

飛びかかってきた兵士の首を、アルディスのブロードソードが一刀のもとに斬り裂く。

「ひぃ！」

自分の隣《となり》にいた兵士が首から血を噴《ふ》き出して倒《たお》れるさまに、怖《お》じ気づいた兵士が悲鳴をあげて後退《あとずさ》った。

その恐れは次第《しだい》に周囲へと伝播《でんぱ》していく。兵士たちの戦意は完全に消失し、今となっては遠巻きにアルディスたちを囲むばかりである。上官の存在がなければ、離散していてもおかしくない状況《じょうきょう》だった。

「さて、今度はこっちの番だな」

アルディスがデッケンを睨《にら》んで最後通牒《つうちょう》とばかりに告げる。

「もう警告はしない。せいぜい自分の浅はかな判断を悔《く》やめ」

「ふっ、……ははっ。ハハハッ！　ハッハッハッハ！」

するとデッケンは青ざめた表情を一変させ、突然《とつぜん》開き直ったように笑い始めた。

「何がおかしい……？」

「ふふっ、ハハハッ。強い、強いなキサマら。予想以上だ。それは認めよう。だがな、いくらキサマらが強くても、戦い続けるにも限度があるだろう！　結局この人数相手には勝つことなどできんよ！」

「都合のいい考えで勘違《かんちが》いするのは勝手だが、それに付き合ってやる義理はないぞ」

「ぬかせ！」

アルディスの足が地を蹴《け》る。

中庭と観閲台の間を隔《へだ》てていた距離は約三十メートル。決して瞬時《しゅんじ》につめられる距離ではない。しかしそれは常人の脚力《きゃくりょく》であればの話だ。

アルディスは跳躍《ちょうやく》しているわけではなく、跳躍していると見せかけて体を浮《う》かせている。たとえ距離が百メートルあろうと、観閲台がはるか高所にあろうと関係はないのだ。

「な……！」

瞬時に距離をつめ、デッケンの立つ観閲台へと着地したアルディスを見て、その場に居た全員が絶句する。

その人間離《ばな》れした跳躍力に領軍の兵士たちがたじろぐ中、少年はブロードソードを片手に指揮官へ向けて駆《か》け出す。

「くっ……！」

とっさに大剣《たいけん》を鞘《さや》から抜きデッケンが迎《むか》え撃《う》った。上段から振《ふ》り下ろされたアルディスの一撃を受け止める。

ピクリ、とアルディスの眉《まゆ》が動いた。

確かにアルディスの持つブロードソードは業物《わざもの》と言えるほどの物ではない。だがトリアでも腕《うで》利《き》きと呼ばれる鍛冶《かじ》師が打った重鉄素材の一品である。そこにアルディスの魔力《まりょく》を込めれば、相手の剣がよほどの品でない限り一刀のもとに斬って捨てる自信があった。

「魔力を込められた剣か……」

アルディスの口からこぼれた言葉に、デッケンが笑《え》みを浮かべる。

デッケンが持っている一振りは刃の広い両手持ちの大剣。アルディスの目を引いているのは剣身に刻まれた呪術《じゅじゅつ》由来らしき文字のようなもの。見るからにいわくありげな雰囲《ふんい》気《き》を持っていた。

不自然な魔力がその剣身《けんしん》へまとわりつくように漂っていることをアルディスは見抜く。

「フ、フフ……。我が一族に伝わる魔剣の力、その身で思い知れ！」

我慢《がまん》しきれないという風に笑みをこぼし、デッケンが大剣を振り上げる。

舌打ちをしながらアルディスが後退った。大剣に込められた魔力がどのような力を持ち、どんな作用をもたらすのかわからない以上、安易に斬り結ぶのは危険だからだ。

デッケンが繰《く》り出す一撃一撃に対し、身をひるがえして接触《せっしょく》を避《さ》けるアルディス。防戦一方になりながらも、その目は冷静にデッケンとその手にある大剣を観察する。

魔力を付与《ふよ》された武器がもたらす効果は様々である。純粋に切れ味を増した物、身体能力を大幅《おおはば》に引き上げる物、攻撃に何らかの追加効果をもたらす物。変わったところでは、持ち主の傷を癒《いや》す物や、勝手に攻撃を迎え撃つような物もある。アルディスが魔力で操《あやつ》っている飛剣を、剣自体に付与した魔力で実現することもおそらく可能であろう。

（身体能力は多少上がっているようだが、それはあくまでおまけのようなものだろう）

続けざまに襲《おそ》いかかる大剣を避けながら、アルディスは思考をめぐらせる。

（さっき打ち込んだ時にも大剣にこれといった変化はなかった。ということは攻撃の際に力を発揮するような仕組みが組み込まれているのか？）

牽制《けんせい》のために向かわせたショートソードはいとも簡単に弾《はじ》かれてしまった。

「剣魔術だかなんだか知らないが、しょせんは奇術《きじゅつ》！　本物の力を前にしてはただの小細工に過ぎん！」

一方的な攻勢を続け、さらにアルディスの反撃をも撥《は》ね飛ばしたデッケンが、勝ち誇《ほこ》ったように叫《さけ》ぶ。

「だったら、これは防げるのか？」

なおも攻《せ》め手を緩《ゆる》めないデッケンに対し、アルディスは守勢に立たされたままながら平然とした表情を崩《くず》さない。

アルディスが魔力を練る。その手から魔力によって生み出された冷気が、瞬時に氷の槍を成してデッケンに襲いかかった。

一本が正面から、一本が頭上から、一本が背後から、そして左右からもそれぞれ二本ずつ。合計七本の氷槍《ひょうそう》が敵を囲む。

一瞬の間をおいて加速した氷槍は、避ける余裕《よゆう》を与《あた》えずデッケンへと放たれた。

前後左右そして上方から襲いかかる攻撃は、常人ならば避けられるものではない。かといって盾《たて》や鎧《よろい》で防げるほど生半可な威力《いりょく》でもないのだ。

「くっ！　反撃態勢《リフレクタ》！」

しかし、身の危険に気づいたデッケンがなにやらトリガーめいた言葉を口にした途端《とたん》、今まさにその体を貫《つらぬ》こうとしていた氷槍が掻《か》き消える。

「魔法障壁か？　……いや、弾いたのではなく消失した？」

すぐさま距離をとりながら、アルディスはあたりをつける。

デッケンの持つ大剣は、その剣身に刻まれた文字を淡《あわ》く輝《かがや》かせていた。

「それが剣の持つ力か」

確かめるように炎《ほのお》の矢を続けて放つ。

「ふんっ、無駄だ！」

デッケンが大剣をひと振りすると、氷槍と同様に炎の矢が音もなく掻き消える。大剣の文字が輝きを増した。

「……もしかして魔力を吸収しているのか？」

「今度はこちらの番だ！」

デッケンがアルディスの疑問に答えるわけもなく、再び距離をつめて刃を向けてきた。

アルディスはブロードソードに魔力を込め、その一撃を受け流す。

互《たが》いの刃がわずかに交差したその瞬間、ブロードソードに込めた魔力が大剣に吸い込まれた。

（まずい！）

慌《あわ》ててアルディスが体ごと剣を引く。大剣から繰り出される一撃は予想以上に重く、受け流したにもかかわらず危《あや》うく剣を折られそうになったのだ。

「逃《に》がさん！」

デッケンの気合いと共に振るわれた大剣が空を裂《さ》く。

両者の間には刃の届くはずもない距離が横たわっていたが、アルディスは背筋を襲う悪《お》寒《かん》に見舞われる。本能的に危機を察知した体が、無意識のうちに魔法障壁《しょうへき》を張り巡《めぐ》らせる。

ワイングラスを叩《たた》きつけたような音と共に障壁が破壊《はかい》された。鈍《にぶ》い輝きを伴《ともな》った波のようなものが、障壁を破ってなお勢いを保ちながらアルディスに襲いかかった。

ギリギリのところで身をかわしたアルディスだったが、衝撃波《しょうげきは》のようなものが頬《ほお》をかすめた時に一瞬の熱を感じる。頬をぬぐうとそでに小さな朱《あか》い染《し》みができた。

（なるほど。魔法による攻撃は吸収し、直接触《ふ》れた武器の魔力をも吸い取る。そして吸い取った魔力を攻めの力に変換《へんかん》もできる、と）

見れば大剣に刻まれた文字は、輝きを失っている。先ほどの一撃で魔力を使い尽《つ》くしたのだろう。

だがこれはつまり振り出しに戻《もど》っただけだ。アルディスが魔法で攻撃を加えれば、再びそれを吸収して攻撃に転じるのは間違いない。

「だったら」と、アルディスはブロードソードを構えた。

「魔力を使わず、純粋《じゅんすい》な剣技で勝負すれば良いだけの話だ」

誰にともなく宣言すると、様子見のために空けていた距離を自ら縮め、一転して攻めの姿勢を見せる。

剣の力がわかれば対処するのも容易《たやす》い。魔力を吸収されるのなら魔法を使わなければいい。剣に込めた魔力すら吸われるのなら魔力強化をしなければいい。

後に残るのは魔力不足で能力を発揮できない大剣と、重鉄製のブロードソード。剣と剣との真っ向勝負だ。

片や質が良いとはいえ誰にでも入手可能なブロードソード、片や魔力が込められた業物と思われる大剣。得物《えもの》の優劣《ゆうれつ》だけで言えばアルディスの方にやや分が悪いが、それくらいの不利は技術で埋《う》めればいいのだ。

「ハッ！　魔術師風情《ふぜい》が剣術勝負を挑《いど》むなど、笑わせる！」

「だれが魔術師だって？」

いまだにアルディスを魔術師だと思っているデッケンが、望むところとばかりに迎え撃つ。剣の腕では負けないという自負があるのだろう。

アルディスが軽く横から薙《な》いだブロードソードを、デッケンが大剣で受け止める。

弾《はじ》かれるままにブロードソードを泳がせると、アルディスは体ごと一回転して逆方向からの斬撃《ざんげき》を見舞う。一撃目とは比べ物にならない鋭《するど》い剣先がデッケンへ襲いかかった。

「甘い！」

デッケンは大剣の持ち手部分を中心軸《じく》として、円を描《えが》くように剣先を頭上に向けると、勢いそのままにブロードソードへ上から叩きつける。

重い大剣による重力を味方につけての打ち下ろし。まともに受ければ、魔力強化すらしていないアルディスのブロードソードはひとたまりもないだろう。

「遅《おそ》いよ」

だがデッケンの大剣が砕《くだ》いたのは観閲《かんえつ》台の床《ゆか》であった。大きな衝撃音と共に石材のかけらが周囲に飛び散る。

すでに剣を引いていたアルディスは、隙《すき》を見せたデッケンの半身へと攻撃《こうげき》目標を定める。得物の大きさは取り回しの難しさにもつながる。黒髪《くろかみ》の少年が放った肩口《かたぐち》への突《つ》きは、並の使い手なら防ぎきれるものではない。

だがデッケンはスルリと身を大剣の陰《かげ》へ隠《かく》すと、柄《つか》を盾にして一撃を防ぐ。

「ほう」

感心するような表情でアルディスが距離を取る。

それを好機と見たか、デッケンはすかさず踏《ふ》み込んで大剣を斜《なな》め下から斬《き》り上げた。

空気のうねりと共に襲いかかる金属の塊《かたまり》を軽快なステップでかわしながら、ブロードソードを使いその軌道《きどう》をそらす。

まともに打ち合うことはできない。魔力を刃に乗せられない以上、正面から斬り結べば重鉄製のブロードソードなどあっという間に折られてしまうだろう。

魔力による攻撃は吸収される。正面から刃を受け止めるのは無理。

(だったら)

と、アルディスは剣撃のスピードを上げて手数を増やす。

「速度で圧倒《あっとう》するまで」

相手の得物が大剣ゆえの鈍重《どんじゅう》さに付け込み、複数方向からの連撃で翻弄《ほんろう》する。

たまらず防戦一方となったデッケンが距離《きょり》を取ろうとするも、それを許すアルディスではない。アルディスが一歩進む間に剣が二回弾かれ、たまらずデッケンが二歩下がるといった状況《じょうきょう》だ。

「くっ！　魔術師が……！　こしゃくな！」

劣勢に立たされたデッケンの目に不敵な光が宿る。

えも言われぬ危険を感じ、アルディスがとっさに飛び退《すさ》った瞬間《しゅんかん》。

「解放《オープン》！」

デッケンの口から放たれたキーワードに呼応して、大剣に刻まれた文字が強く輝きだす。

(まさか！　いつの間に魔力が！)

大剣が魔力を吸収するならばと、アルディスは身体強化以外に魔力を使用していない。

当然大剣が魔力を蓄《たくわ》えることなどないはずだった。

その答えを導き出す暇《ひま》もなく、大剣から生み出された魔力の波動が強烈《きょうれつ》な爆発《ばくはつ》となっ

てアルディスを襲う。

後方へ体を流すだけではとてもやり過ごせそうにない。そう判断したアルディスはとっさに三重の魔法《まほう》障壁を生み出して前方へ展開させた。

一枚目の障壁が破られ、二枚目が崩れ去り、ようやく三枚目の障壁でその威力を押しとどめることに成功する。

だが二枚目の障壁までを突破《とっぱ》した爆発の余波はすさまじく、アルディスの周囲は床がえぐれて吹《ふ》き飛ばされているほどだった。

「まだまだあ！」

形勢逆転とばかりにデッケンが次々と大剣《たいけん》からの爆発を繰《く》り出してくる。

「後ろがおろそかだぞ」

そこに背後からかけられる平坦《へいたん》な声。自称《じしょう》従者の女がアルディスに続いて観閲台の上へと現れた。

すでに中庭の兵士たちはアルディスたちの強さを目《ま》の当たりにして戦意を喪失《そうしつ》しており、ネーレの行く手を阻《はば》む者はひとりとしていない。

ネーレの細い腕《うで》が風を撫《な》でるように払《はら》うと、その指先から生み出された風の刃《やいば》がデッケンの背中に向けられる。

しかし無詠唱《むえいしょう》で放たれた風の魔法は、デッケンの背を斬り裂く前に突然消失した。

「む……？」

それを見たネーレが、面倒《めんどう》な、と言わんばかりの表情を浮《う》かべた。

「フハハハ！　女ぁ！　キサマの方から先に叩き伏《ふ》せてやろうか！」

振《ふ》り向きざまにデッケンが大剣から斬撃を放つ。刃渡《はわた》りの長い大剣とはいえ、とうてい届くはずのない間合いから圧力を伴った一閃《いっせん》がネーレを襲《おそ》った。

ネーレは人間大の障壁を五枚生み出すと、前方へ斜めに展開させてその勢いを受け流す。

「やっかいな物を持ち出しおって……」

大剣の特性を察したのか、ネーレはダガーによる攻撃へ切り替《か》える。だがさすがに大剣と短刀ではあまりにもリーチが違《ちが》いすぎた。

攻撃の合間を縫《ぬ》って懐《ふところ》に潜《もぐ》り込もうとするネーレを、逆方向から援護《えんご》するべくアルディスが近づくと、すぐさま大剣から放たれる爆発が差し向けられる。

（ちっ、互角《ごかく》に打ち合える得物があれば……）

内心のもどかしさを隠しながら、アルディスは円を描くようにしてデッケンとの距離を取って機会を窺《うかが》う。

（それにしても……）

こうしている間も、アルディスたちが隙を見て接近しようとするたびに大剣からは魔力を伴った攻撃が放たれている。

（ネーレが攻撃を加えて以降、魔力を吸収する機会はなかったはずだ。さっきもそうだったが、一体どこから魔力を？）

本人が魔力を供給している気配はない。これだけの威力《いりょく》を生み出すためには、相応の魔力が必要になる。魔法使いでもない人間に、そんな芸当は無理だろう。

（なら、もともと大剣に備わった魔力か？）

そこまで考えたとき、突然デッケンの背後から声が上がる。

「ぐあっ……、あああ！」

回避《かいひ》を続けながらチラリと目をやれば、そこに居たのは先ほどアルディスとネーレに魔法攻撃を加えてきた魔術師だ。苦しそうに胸を押さえ崩《くず》れ落ちて行く魔術師の指に、妙《みょう》な装飾《そうしょく》の指輪がはめられていた。

（なんだ？　あの妙な魔力の流れは？）

魔力の流れを見ることができるアルディスだからこそわかった。魔術師がはめている指輪に向けて、体中から魔力が集中していたのだ。

「デ、デッケン殿《どの》……！　ま、魔力が！　うあああ！」

苦痛の声を上げる魔術師。指輪に集められた魔力が吸い込まれてどこかへ消えていく。

（どこへ消えて……、まさか！）

アルディスの視線がデッケンの持つ大剣へと向けられる。

「そういうことか……」

不快な気持ちを隠しもせず、アルディスはつぶやく。

「デッケン殿！　これはどういうことですか！　この指輪は魔力増幅《ぞうふく》をするためのものだとおっしゃっていたではありませんか！」

苦しみ続ける仲間を支えながら、他《ほか》の魔術師が強く問い質《ただ》す。その魔術師も同じ意匠《いしょう》の指輪を身につけている。

「お前たちの魔法はどうせこいつらに通用しない！　だからその魔力を有効活用させてもらっているだけだ！」

「ま、まさかその大剣が……！」

どうやら魔術師たちもアルディスと同じ考えに行き着いたらしい。

おそらく魔術師たちが身につけている指輪は、大剣への魔力供給装置なのだろう。身につけている者の魔力を強制的に吸収し、何らかの仕組みで大剣へと送っているに違いない。大剣自体が魔力を吸収しなくても、指輪からの魔力が供給される限り、先ほどのような爆発を伴《ともな》う攻撃が繰り出せるのだろう。

「叛逆者《はんぎゃくしゃ》どもを成敗するための一助となれるのだ！　光栄に思え！」

「そ、そんな無茶《むちゃ》な……。我々《われわれ》は物人ではないのですよ！　たとえ軍令に従う義務はあっても、このような扱《あつか》いは――」

あまりの言いぐさに異を唱えようとする魔術師は、それ以上の言葉を続けることができなかった。

「全解放《フルオープン》！」

「ぐっ！　うあああああ！」

デッケンがキーワードを口にすると、大剣に刻まれた文字の輝《かがや》きがそれまでにも増して強くなり、同時に指輪を身につけていた魔術師三人が全員苦しみはじめた。

「お主にとっては味方であろうに。むごいことをする」

「そう思うならキサマらがさっさと死ねばいい！　そうすれば全《すべ》ては丸く収まるだろう！」

「お断りだ。なぜ我らがわざわざお主の望みを叶《かな》えてやらねばならぬ？」

当然のようにネーレは拒絶《きょぜつ》する。

「ふ……、それはどうかな？」

優越感《ゆうえつ》を満たした表情のデッケンが鼻で笑う。

「それは一体、どういう意味かね？」

その口ぶりに、ネーレは目を細める。

「あの指輪は全部で五つある。さすがに軍属の魔術師は貴重だから、命を失わない程度にリミッターをかけてあるが」

ほくそ笑《え》むデッケンの口から、ひとつの事実が伝えられる。

「残りのふたつはその必要もない」

『ふたつ』という数に、アルディスは不吉《ふきつ》なものを感じて問い質す。

「どういう意味だ？」

「まさか……」

ネーレの目が何かを察して見開かれた。

「ようやく気づいたか？　そうだ。キサマらが連れていた双子《ふたご》の指にはめてある」

それを聞いた瞬間、アルディスの中に純粋《じゅんすい》な殺意がわき起こる。

先ほどから魔力を強制的に奪《うば》われて苦しみ続ける領軍の魔術師たち。大の大人、しかも一般人《いっぱん》よりも大きな魔力を持った人間でもあのありさまなのだ。まだ幼い双子にとって、それがどれほどの苦痛を与《あた》えるものか、想像するだけで焦燥感《しょうそうかん》がアルディスを襲う。

しかも目の前に居る男は『リミッター』と言った。つまり、魔力を吸い取られる状況はリミッターの存在が必要なほど危険なものだということだ。幼い子供にそのような仕打ちを受けさせる男の思考に、思わずツバを吐《は》きたくなる。

そんなアルディスの内心を代弁するかのように、冷たい表情でネーレが言い捨てた。

「……外道《げどう》が」

アルディスは泡立《あわだ》ちそうになる感情を懸命《けんめい》に抑《おさ》えながら、デッケンを睨《にら》みつける。

「どこの世界にも、性根《しょうね》の腐《くさ》ったヤツというのはいるもんだな」

「キサマらが抵抗《ていこう》すれば抵抗するほど、忌《い》み子の魔力はこの剣に吸われていくのだ。忌み子の命が惜《お》しくば、大人しく斬《き》られるがいい！」

立ち話はこれまでとばかりに、デッケンが大剣を振り上げる。剣身に刻まれた文字は煌々《こうこう》と輝き、それはつまり指輪を身につけた人間たちから吸い取る魔力がこれまでよりも大幅《おおはば》に増えていることを示していた。

振り下ろした大剣からこれまでで最も大きな爆発《ばくはつ》が放たれる。

正面からそれを向けられたネーレは、前方に障壁《しょうへき》を展開して威力をそらしつつ、逆方向へ向けて身をかわす。

消費された魔力はすぐさま指輪を通じて補充《ほじゅう》され、攻撃《こうげき》直後に薄《うす》くなった文字が再び輝き始めた。

（キリがない）

続けざまに繰り出される攻撃を避《さ》けながら、アルディスは打開策を思案する。

魔力を伴った攻撃が通用しない以上、懐に飛び込んで純粋な物理衝撃《しょうげき》をたたき込むしかない。だが大剣の繰り出す爆発はすさまじい威力を見せ、下手《へた》に踏《ふ》み込めば懐へ潜り込む前に正面から一撃を食《く》らってしまうだろう。

（ネーレの言う通り、やっかいな代物《しろもの》を持ちだしてくれたものだ）

大剣《たいけん》に匹敵《ひってき》する得物《えもの》があれば、正面から押し切ることはできるだろう。ここが戦場であるならば、わざわざひとりの敵に固執《こしゅう》せず相手にしなければ良いかもしれない。

だがアルディスの手元にあるのは品質が良いとはいえただの重鉄剣。そして目の前にいる相手は、戦いを終わらせるために沈黙《ちんもく》させなければならない存在だった。

アルディスの心に焦《あせ》りが広がる。

このまま敵の攻撃を回避し続けていれば、いずれは相手の魔力《まりょく》も尽《つ》きる。そうなれば彼我《ひが》の立場は簡単に逆転するだろう。

しかし相手の魔力が尽きるということは、双子からの魔力供給が絶えるということでもある。それが何を意味するのか、デッケンの口ぶりからは容易に想像ができた。

「いつまでちょこまかと逃《に》げ続けるつもりだ！」

勝利を確信して高笑いを上げながら、デッケンがアルディスとネーレに向けて絶え間ない攻撃を繰り出し続ける。

（長引かせればそれだけあいつらが危険になる）

焦りばかりを募《つの》らせるアルディスだったが、その時ふとデッケンから間断なく放たれていた攻撃の手が緩《ゆる》んだ。

大剣に刻まれた文字の光り方が先ほどよりも鈍《にぶ》い。魔力の供給が減っているのだ。

背中に冷たい汗《あせ》をかくアルディスの耳へ、デッケンの苛立《いらだ》った声が届いた。

「おい、お前ら！　勝手に指輪を外すとは、どういうつもりだ！」

デッケンの視線を追った先に居るのは三人の魔術師。魔力を強制的に吸収され、その姿は憔悴《しょうすい》しきっていたが、表情に苦痛の色は見られない。すでに異常な魔力の流れは消えており、指からは大剣へ魔力を送っていた指輪が消えていた。

三人の周囲には彼らを支える複数の人影《ひとかげ》がある。おそらく彼らが三人の指につけられていた指輪を外したのだろう。

彼らの行動は、軍令に従うべき兵士としては褒《ほ》められたものではないが、人としては当然の選択《せんたく》である。デッケンが彼らに求めたことは、軍という組織の中にあっても決して許容されるものではない。

仲間が理不尽《りふじん》な苦しみを感じているなら、救ってやりたいと思うのは自然なことだ。上官の命令と人としての心、その狭間《はざま》で思い悩《なや》んだ結果が今の状況《じょうきょう》なのだろう。

「くそ！　憶《おぼ》えておけよ！　こいつらを始末し終わったら、抗命罪で処分してやる！」

忌々《いまいま》しそうにデッケンが吠《ほ》える。

予想外の事態で一時的にデッケンからの攻撃が止まった隙《すき》に、素早《すばや》くネーレはアルディスの傍《かたわ》らへと移動していた。

「哀《あわ》れだな。部下の心すらつかめぬとは」

「くっ……！　三人分減ったところで、どうということはない！　忌み子の寿命《じゅみょう》が縮むだけだ！」

淡々《たんたん》としたネーレの哀れみに、デッケンは目をむいて声を荒立《あらだ》てた。


「うう！　ああ……！　いやあー！」

砦《とりで》の地下で幼い子供の叫《さけ》び声がこだまする。

平時は訓練施設《しせつ》として使われる砦だが、戦時には当然軍事拠点《きょてん》としてその役割を果たす。軍事拠点である以上、捕虜《ほりょ》を収容する施設がそなえられているのは当然といえよう。

平和なこの時代、最大で五十人までの捕虜を収容できる地下牢《ちかろう》に本来なら人影などあるはずもない。だが今はその一角に四人の人間がランタンの光に照らされている。そのうちふたりは、軍の施設には縁《えん》のなさそうな幼い少女たちだった。

「きゃあ！　たすけてえぇえ！」

明かりのほとんど届かない地下牢の中では、手枷足枷《てかせあしかせ》で拘束《こうそく》されたふたりの少女が身をよじりながら必死で助けを求めている。

その光景から目をそらしつつ、牢の番を命じられた兵士のひとりは耳をふさぎたくなる衝動に耐《た》えていた。立派な口ひげをたくわえた年配の兵士である。

男が上官から与えられた命令は、牢の中につながれた人間が逃げないように見張ること。そして侵入者《しんにゆうしゃ》があった場合はそれを排除《はいじょ》することだ。

それ自体は特別な命令というわけでもない。戦時ならば日常茶飯事《さはんじ》だし、平時でもしばしばあることだった。――牢の中にいるのが幼い子供たちでなければ。

幼い子供を牢に入れていることだけでも心が痛むのに、その子たちが苦しんで身をよじり、助けを求めているにもかかわらず、見て見ぬ振《ふ》りをしなければならないのだ。共に牢番をしている若い兵士の顔色が青いのも仕方ないことだろう。

上官からはこの子供たちについて『忌み子であり、叛逆者の一味であるから情けをかける必要はなし』と指示されている。

確かに牢へつながれた少女たちは双子であろう。浅緑色の瞳《ひとみ》もプラチナブロンドの髪《かみ》も見分けがつかぬほどだし、顔立ちもそっくりだ。

口ひげの兵士自身は特に熱心な信者というわけではないが、他の人間と同様に一般的な信仰《しんこう》心は持っている。気が向けば教会へ祈《いの》りを捧《ささ》げに行くこともあるし、人生の節目には喜捨をして神父に祝福をお願いする。

双子が生まれながらに罪と穢《けが》れを持つという女神《めがみ》の教えも幼い頃《ころ》からたたき込まれてきた。だから双子が忌み子であることは当然知っている。だが幸いにして彼の人生に双子と関《かか》わりを持つ機会はなく、これまでその問題から目をそらし続けることができた。

トリアの街で生まれ育ち、長じて兵士となってから早十五年。長年の働きが認められ、近々分隊長への昇進《しょうしん》が内定している。その間、結婚《けっこん》して可愛《かわい》い一粒種《ひとつぶだね》の娘《むすめ》にも恵《めぐ》まれた。その娘ももう十歳だ。ちょうど牢の中で苦しんでいる少女たちと同じくらいの歳《とし》だった。確かにこの子たちは双子だ。忌むべき存在なのだろう。だがどうしても男には割り切れない感情が浮《う》かび上がる。

自分の娘と大して変わらない幼子を、拘束し、牢につなぎ止め、苦しませておいて、それを良しとする。本当にそれが正しいことなのだろうか。これでいいのだろうか。理性と感情がせめぎ合い、男の脳裏《のうり》を苦しみで染め上げていった。

「先輩《せんぱい》……、その……」

隣《となり》にいる若い兵士が恐《おそ》る恐るといった風に口を開く。

「なんだ？」

「……俺たち、何やってるんですかね。あんな小さな子供を牢につないで……」

「言いたいことはわかる。俺だって喜んでやってるわけじゃない」

若い兵士の言っていることは、男自身が痛切に感じていることだった。しかし、心の中ではどうであれ、立場というのはしばしば本音を黙殺せざるを得ないものである。

「だが俺たちは兵士だ。上官からの命令であれば、それが個人の矜持《きょうじ》に反することでも耐えなきゃならん。それが軍属ってものだ」

「もちろんそれは分かってますよ。でも……」

たまらず食ってかかる後輩の肩《かた》へ、男は手を置いてなだめる。

「言うな。口にしたからといって、どうにかなるものじゃない」

人々を守る領軍としての任を全《まっと》うし、女神の教えを遵守《じゅんしゅ》している自分たちが、なぜこんなにも苦しまなければならないのだろうか。男はやりきれない思いを無理やり押し込んだ。

「今の話、俺以外には言うなよ。隊長に知られたら事だ」

「はい……」

言った方も言われた方も、己《おのれ》の無力感とやりきれなさに口を閉《と》ざす。石造りの地下に幼い双子の苦しむ声だけがこだましていた。


「くっ……！　三人分減ったところで、どうということはない！　忌み子の寿命がそのぶん縮むだけだ！」

領軍の魔術師たちが指輪から解放されたことにより、デッケンの持つ大剣に供給される魔力は大幅に減少していた。だがそれはデッケンの言う通り、双子へよりいっそうの負荷《ふか》がかかることを示している。

「どうするかね？　我が主《あるじ》よ。一度引いて立て直すか？」

この状態で戦闘《せんとう》を継続《けいぞく》するということは、大剣が双子《ふたご》の魔力を奪い取り続けるということだ。ネーレの言う通り一度撤退《てったい》するというのも選択肢《せんたくし》としてはある。

「あの男が双子を生かしておいてくれるなら、そうしたいところだが……」

しかしこれまでの経緯《けいい》やデッケンの言葉を思い返せば、残された双子がまともな扱《あつか》いを受けるとはとうてい思えない。命すら危《あや》ういだろう。そもそもアルディスたちがこの場を去ろうとしたところで、デッケンがそれを黙《だま》って見ているとは思えなかった。

「ならば押し切るしかあるまいな」

アルディスの意を汲《く》んでネーレがダガーを構える。

「あの手の道具は魔力の吸収対象と供給対象が離《はな》れると効率が落ちる。ならば双子はおそらく砦の内部に捕《と》らわれているのだろう。我《われ》がヤツを引きつけるゆえ、その間に我が主は双子の救出に向かうが良い」

双子が砦の中に居るのなら話は早い。アルディスたちの一方がデッケンを抑《おさ》えつつ、もうひとりが双子を探し出して救出すればいいのだ。

「いや、俺が残ってあいつの相手をする」

「良いのか？」

アルディスの言葉に意外そうな表情を浮かべるネーレ。

「ああ、俺が残った方がいいだろう」

「承知した。できる限りヤツを刺激《しげき》せぬように――」

「逆だ」

不敵に言い放ったアルディスの体から強い魔力が噴《ふ》き出す。際限なくふくれあがるかに思えた魔力は、突然《とつぜん》無数の氷塊《ひょうかい》へと姿を変えてデッケンへ襲《おそ》いかかった。

「無駄《むだ》だというのがまだわからんかあ！」

並の兵士ならば一瞬《いっしゅん》にして押しつぶされてもおかしくない弾幕《だんまく》を、デッケンは大剣のひと振りで防ぎきる。大剣に刻まれた文字が輝《かがや》きを取りもどす。

吸収された魔力はすぐさま反撃《はんげき》の形をとって舞《ま》い戻《もど》ってくるが、アルディスはそれをかわしながらも続けざまに氷塊を繰《く》り出した。

大剣は攻撃《こうげき》で失った魔力をそれによって回復し、再び活力を得る。爆発《ばくはつ》の形をとってただちに消費される魔力。そこへまたアルディスの攻撃を受けて魔力を回復した。

どれだけ魔力を費《つい》やして攻撃しようと、デッケンは大剣の力を使ってその魔力を吸収してしまう。しかも吸収した魔力はアルディスへの攻撃力に転化されてしまうのだ。いくらアルディスの魔力が膨大《ぼうだい》とはいえ、決して無尽蔵《むじんぞう》ではない。使えば使うほど確実に魔力は失われてしまう。

対してデッケンの方は、言わばアルディスから魔力《まりょく》の供給を受けているようなものだ。身体的な疲労《ひろう》は別としても、戦いが長引いたからといって魔力が尽きる心配はない。

だがそれはアルディスとて重々承知の上である。

延々と繰り返されるかのような状況。しかし今の状況はアルディスが望んで作り出したものであった。

「なるほど、そういうことか」

繰り返される攻撃の応酬《おうしゅう》に、ネーレはアルディスの意図を察して納得《なっとく》する。

ネーレがこの場を離れて双子を探しに行くとしても、その間アルディスはデッケンと戦い続けることになる。しかしデッケンに力を使わせるということは、すなわち双子の魔力が強制的に吸収されるということでもあった。

だがデッケンの持っている大剣《たいけん》は、自らに降りかかった魔力を吸収することもできる。ならば双子から魔力を奪《うば》う必要もないくらい、常に魔力を供給し続けてやればいい。そういうことであった。

「ならば我は我の役目を果たすのみ」

もちろんアルディスの魔力も無限に湧《わ》き出てくるわけではない。この状態がどれだけ続くかはわからないのだ。

しかし猶予《ゆうよ》はできた。この間にネーレが双子を探し出して救出さえしてしまえば、そもそもデッケンと正面から戦う必要すらない。

アルディスの魔力が尽《つ》きるまでに双子を救い出す。それが自分の役割であると、ネーレはそう判断したのだろう。すぐに場を離れて砦内部へと向かって走り出した。

「逃《に》がさんぞ、女ぁ！」

「よそ見をするな。お前の相手は俺だ」

離れていくネーレに攻撃の矛先《ほこさき》を向けようとしたデッケンへ、アルディスが生み出す氷塊の弾幕が襲いかかる。同時に細かく砕《くだ》いた氷を高熱で瞬時に溶《と》かし、目くらまし代わりの霧《きり》を生み出してネーレの姿を隠《かく》す。

「邪魔《じゃま》するな、小僧《こぞう》！」

「何を言ってる？　敵が邪魔をするのは当たり前だろうに」

半分あきれたように言い捨てながら、アルディスは間断なく攻撃を続ける。

その勢いは苛烈《かれつ》を極《きわ》め、もしデッケンが大剣を持っていなければ、ひと呼吸のうちにその原形を留《とど》めることなくつぶれていただろう。逆にいえば、その強大な魔力を吸収した大剣が繰り出す攻撃はすさまじいものとなる。

ときおり放たれる大剣の反撃は、アルディスの作り出す障壁《しょうへき》をもってしても防ぐのが困難だった。魔法と物理の両障壁をそれぞれ三重。合計六重の障壁を展開しているにもかかわらず、その勢いと威力《いりょく》を弱める程度の効果しか現さない。

アルディス自身の魔力を使って繰り出される攻撃は、これまで彼が戦ってきたネーレやグラインダーの攻撃とは比べものにならなかった。

（かと言って、攻撃の手を休めるわけにはいかない）

アルディスの魔力が尽きるのと、ネーレが双子を探し出すのとどちらが先か。時間との勝負であった。


アルディスたちの戦いが転機を迎《むか》えたその頃、ネーレが探し求める双子は砦《とりで》地下の牢《ろう》に捕らわれていた。

双子が苦しみ始めてからどれくらいの時間が経《た》っただろうか。おそらくそれほど刻《とき》は過ぎていないはずだ。だが双子が苦悶《くもん》の声を上げる地下牢で、ただそれを見張っていることしかできないふたりの兵士にとっては決して短い時間ではなかっただろう。

突然前触《まえぶ》れもなく双子の声が途絶《とだ》える。

訪《おとず》れた静寂《せいじゃく》に、双子の死を連想させられた口ひげの兵士が無意識のうちに牢へと視線を向けたその時。

「たすけ、て……！」

目が合った。

双子は生きていた。のたうち回っていたせいで服は汚れ、顔には涙《なみだ》と砂で泥《どろ》まみれになった髪が張り付いていたが、その瞳はしっかりと兵士に向けられている。息は荒《あら》く、呼吸をするのもやっとという感じだが、必死に絞《しぼ》り出した救いを求める声が兵士の耳へ確かに届いていた。

口ひげ兵士はしまった、と慌《あわ》てて目をそらす。目を合わせてはいけなかったのだ。人としての情を呼び起こされるから。

任務であることを盾《たて》に、冷徹《れいてつ》な牢番として徹しなければ、何かが崩《くず》れてしまいそうだった。しかし、彼は少女の目を正面から見てしまった。苦しみの中、この状況《じょうきょう》で、兵士に精一杯《せいいっぱい》の力をふりしぼって紡《つむ》ぎ出した言葉を聞いてしまった。その言葉が意識の中でこだまし続ける。耳をふさいで目を閉じ、全《すべ》てを切り捨てたい欲求が抑えきれなくなる。

「先輩」

苦悩《くのう》する男へ、若い兵士が意を決したように話しかける。

「先輩、ちょっと交代で休憩《きゅうけい》しませんか？」

「休憩？　いきなりなんだ？」

こんな状況で何を言っているんだ、と口ひげ兵士は思わず出かかった言葉を飲み込む。

「なんか交代要員も来る気配ないですし、さすがにそろそろトイレとか行っておいた方が良さそうじゃないですか」

「ああ、まあそうだな。確かに交代が来るとも限らんしな」

若い兵士の言うことももっともであった。通常の牢番であれば事前にシフトが組まれ、集中力が切れない程度の時間が各当番に割り当てられる。

だが今回に限って言えば、様々なことがイレギュラーである。牢番にしても時間や交代要員など何ひとつ指示を与《あた》えられていない。任務についてからそろそろ三時間。このまま交代要員が来ない可能性もある。

考えを巡《めぐ》らせたことで、ようやく先ほどまでの動揺《どうよう》が鎮《しず》まっていく。

「そういうことなら仕方ない。お前、先に休憩して良いぞ。だがあまり長い時間はだめだからな」

「いえいえ、ここは歳《とし》の順で先輩《せんぱい》から先にどうぞ。少しくらい長くなっても俺は構いませんから」

いつもなら嬉々《きき》としてサボろうとする若い兵士の常ならぬ反応に、口ひげ兵士は訝《いぶか》しむ。

「……お前、何を企《たくら》んでる？」

詰問《きつもん》する先輩兵士から目をそらしながらも、若い兵士は真剣な表情を浮《う》かべていた。

なるほどそういうことか、と口ひげ兵士は後輩の決意を読み取る。

「お前が先に休憩へ行け」

「いや、俺は……」

「処分を受けるのは俺だけでいい」

目を見開く若い兵士。自分の考えが見透《みす》かされたことに驚《おどろ》きを隠せないようだった。

「先輩……、どうして？」

「伊達《だて》に歳は食ってない。お前の考えてることくらいはわかるさ」

だからお前は無関係ってことにしておけ、と口ひげ兵士が若い兵士を追い払《はら》おうとする。

「いえ、先輩ひとりに良い格好はさせませんよ。言いだしたのは俺なんですからね」

だが若い兵士もそれに甘えるつもりはさらさらないようだった。

「ちっ、人の厚意《こうい》を無にしやがって」

「先輩がそれを言いますか？」

ふたりはそう言って視線をあわせると、こみ上げる笑いをこらえきれず同時に噴き出した。

気を取り直したふたりは、牢の鍵《かぎ》を開けて倒《たお》れこんだままの双子へと歩み寄る。

「とりあえず、どうすれば良いんだろうな」

「何が原因なのか、俺にはさっぱりですけど」

先ほどまでは絶え間ない苦痛にもだえていた双子も、今は落ち着いている。しかし、だからといって安心できる根拠《こんきょ》はどこにもない。この瞬間にも再び双子《ふたご》が苦しみ出す可能性もあるのだ。

「あの指輪が怪《あや》しそうだな」

少女たちが苦しんでいた理由はわからない。だが彼女たちが身につけている中で最も疑わしい物は、親指にはめられた指輪だ。このような子供が指輪——それもサイズが合わないために親指へつけられている——を身につけていること自体が不自然だった。

「外してみますか？」

「ああ」

固く握《にぎ》りしめられたままの指をほどき、少女の親指から指輪を外す。指輪は兵士たちの予想を裏切って、あっけないほど簡単に外れた。

もうひとりの少女からも指輪を外すと、口ひげ兵士はそれを手のひらに載《の》せて眺《なが》める。

「確かにいわくありげな造形だが……」

これが本当に双子へ苦痛を与えていた原因なのか、魔術師でもなければ魔法使いでもない兵士にはわからない。

「枷《かせ》はどうします？」

「さすがにそれは外すとまずいだろう」

「そうですね。で、それどうしますか？」

若い兵士は口ひげ兵士が持つふたつの指輪へ視線をやる。

「この指輪はまあ……、子供がのたうち回ってるうちに抜《ぬ》けたってことにすれば――」

口ひげ兵士がそう言いかけたとき、突然《とつぜん》の轟音《ごうおん》と激震《げきしん》が地下牢を襲った。

何かが爆発するような音に続いて、地下牢全体がグラグラと揺《ゆ》れる。地上部分の建物ならばともかく、地下に埋《う》まったこの場所が揺れるなど通常ではあり得ないことだ。

「な、なんだ！」

「せ、先輩！　上を！」

若い兵士に促《うなが》されて頭上を仰《あお》ぐと、みるみるうちに天井《てんじょう》へ亀裂《きれつ》が走っている。

どうするべきか考える間もなく、みるみるうちに亀裂は拡《ひろ》がり、やがてパラパラと小石となった破片《はへん》が落ちてきた。

「まずいですよ、先輩！　早く逃げないと！」

「あ、ああ！」

元が地下牢の天井であった破片は、落ちてくるたびに大きさを増している。このままだと崩れてしまうかもしれない。

だが逃げろと騒《さわ》ぐ本能に逆らって、兵士の足は動くのを躊躇《ちゅうちょ》していた。

自分はすぐにでも逃げられる。だが枷につながれた双子はどうなるのだ。口ひげ兵士がこの場に留まっている理由は明白だった。

「先輩！　鍵取ってきました！」

飛び出していった若い兵士が、枷の鍵を手に戻《もど》ってきたその時、ひときわ大きな音を立てて天井が崩れた。

兵士の足が動いた。自らが生きのびるための出口ではなく、身動きがとれないでいる少女たちの方へ。それがどうしてなのかは本人にもわからない。考えた結果ではなく、ただ体が動いた結果である。

うずくまる双子の体を引き寄せて兵士が覆《おお》いかぶさる。それを待っていたかのように、数秒前まで天井を構成していたガレキが降りかかってきた。大量のガレキが砂ぼこりと共に襲《おそ》いかかる。

大きな震動で破砕《はさい》されたガレキの中には、たまたま鋭角《えいかく》の形を成した物もあった。それは偶然《ぐうぜん》兵士の直上から、図《はか》らずも鋭《するど》く尖《とが》った頂点を下向きに落下し、運悪く双子を庇《かば》う背中へと深く突《つ》き刺《さ》さった。

⁂

「フ、フハハハ！　そうか、そういうことか！」

アルディスから延々と繰《く》り出される攻《せ》めの手に、デッケンもようやくその意図に気づいたのだろう。

「大剣《たいけん》に魔力《まりょく》を吸わせ続けることで、忌《い》み子を守ろうというのか！」

怒《いか》りとも嘲《あざけ》りともとれる表情でデッケンが叫《さけ》ぶ。

「くだらん！　くだらんくだらん！」

忌々《いまいま》しそうな口調でアルディスへ言葉を投げつける。

「ここまでの力を持っていながら、どうしてあんな穢《けが》れた存在にこだわる！　そんなにあの忌み子どもが大事か！」

間隙《かんげき》なく氷塊《ひょうかい》を浴びせつつ、アルディスは確かな怒りを込めてデッケンを逆に糾弾《きゅうだん》する。

「だったらそう言うお前はどうなんだ！　そんなに女神《めがみ》とやらの戯《ざ》れ言《ごと》が大事か！　あのふたりが何をしたというんだ？　法を犯《おか》したか？　誰《だれ》かを傷つけたか？　ただ双子として生まれてきただけだろうが！」

「言うに事欠いて神の御言葉《みことば》を『戯れ言』だと！　神は正しい！　神は正しいのだ！　その神が悪と断じたならばそれはすなわち悪だ！　神を恐《おそ》れず、神を敬わず、神の言葉をも貶《おとし》めるキサマのような冒瀆者《ぼうとくしゃ》も悪だ！　祝福の届かぬ地獄《じごく》へ私自身の手で送ってやる！」

デッケンの大剣から繰り出される爆発《ばくはつ》が、周囲の床《ゆか》と壁《かべ》を巻き込んでアルディスへ迫《せま》る。

「女神が言うから正しいだ？　女神を崇《あが》めないから冒瀆だ？　笑わせる！　その目はガラス玉か？　その頭は見かけだけの飾《かざ》りか？　他人の言うことを無条件で信じて生きるのは

そりゃ楽だろうさ！　自ら考えることを放棄《ほうき》したお前に、人が人たる誇《ほこ》りを忘れたお前に、あいつらを『穢れ』と決めつける資格はない！」

「代々トリアの武を担《にな》ってきた一族の私に向かって誇りを語るか、小僧《こぞう》！　このような屈辱《くつじょく》……、許さんぞ！」

デッケンは憤怒《ふんぬ》に顔を染め、アルディスを呪《のろ》わんとばかりに歯ぎしりをする。

「勝手に言ってろ！」

世迷《よま》い言など聞く気もないアルディスが一言で切って捨てる。だが続くデッケンのセリフに、アルディスも耳を傾《かたむ》けざるを得なくなった。

「悔《く》やめ！　嘆《なげ》け！　その不遜《ふそん》が忌み子を死なせることになる！」

「……なんだと？」

「キサマは勘違《かんちが》いしている」

アルディスの困惑《こんわく》をよそに、デッケンは得意顔で語る。

「確かにこれだけ魔力を吸収できれば、指輪から魔力を補う必要はない。だが――」

騙《だま》し合いに勝った詐欺師《さぎし》のような笑《え》みを浮かべて、デッケンが揚々《ようよう》と手札を明かした。

「『魔力を吸収する必要がない』というのと『魔力を吸収できない』のとは違うぞ」

「……」

その言葉をかみ砕《くだ》いて理解すると、アルディスの顔色が瞬時《しゅんじ》に強《こわ》ばる。

「私は『魔力の供給元を選択《せんたく》できない』などと、一度も言った憶《おぼ》えはないが？」

それはアルディスの推測を肯定《こうてい》するに足る言葉だった。

「まさか……」

つまりデッケンは『意図的に双子から魔力を奪《うば》うこともできる』と言っているのだ。

「残念。せっかくあの女を向かわせたのに、無駄《むだ》になったな。忌み子どもは、これで――」

大剣へ流れる魔力に変化が現れた。

間断なく浴びせられる魔法攻撃《こうげき》から魔力を吸収していた大剣は、その魔力を吸収して蓄《ちく》積《せき》していた。アルディスの目には剣先を経由して刻まれた文字へと流れて行く魔力が映っている。

「終わりだ！」

その瞬間、これまで見えていた流れとは別に新たな魔力のルートが生じる。どこからともなく突然現れたその魔力は、少なくともアルディスが放った攻撃魔法の魔力ではなかった。

「しまった……」

アルディスは初めて自らの失態を悟《さと》った。

大剣を常に魔力で満たしておけば、指輪からの魔力吸収を妨《さまた》げることができると判断した。しかし魔力の供給元を使い手が選択できるというのなら、その一手もまったく意味を成さなくなる。

相手に悟られないよう、もっと巧妙《こうみょう》に攻撃の手を加減するべきだったのだ。

（どうする……？）

逡巡《しゅんじゅん》している間にも大剣は魔力を吸収する。アルディスの魔力と、そしてそれとは別種の魔力を。

（全力でたたみかけるべきか？）

そんな迷いがアルディスの中に生じる。

だが全力で攻勢に出たとして、果たしてそれが事態を好転させるだろうか。かえってデッケンが過剰《かじょう》な反応を示し、双子の命を危《あや》うくしかねない。

自分の選択に幼い命が懸《か》かっている状況《じょうきょう》を突きつけられ、アルディスは焦《あせ》りと重圧に押しつぶされそうになっていた。ここに至ってはただ、ネーレが一秒でも早く双子を見つけ出してくれることを願うしかない。

そんな中――。

「な、なんだ？」

緊迫《きんぱく》した空気の中、アルディスの耳に届いたのはデッケンの戸惑《とまど》う声だった。

「ぐぁ！　どういうことだ！　うぉおおお！」

見ればデッケンが苦悶《くもん》の表情を浮《う》かべて体を強ばらせている。

アルディスは見た。デッケンの体から急激に魔力が失われているのを。

「指輪——、魔力、が——！　なぜ、私の——！」

苦痛に顔をゆがめたデッケンが身をよじらせる。本人の意思とは関係無く、もともと多くもない魔力が一点に集まり、そこから腕《うで》に向かって動き始める。

魔力の流れる先は——その手に握られた大剣だった。

「ぐあ、があああ！」

デッケンの口からこぼれる声は、すでに言葉の形すらなしていない。その目はうつろに見開かれ、この世の何処《どこ》をも見ていないようだった。

その隙《すき》を見逃《みのが》すアルディスではない。

機会と見るや、瞬時に彼我《ひが》の距離《きょり》をつめて懐《ふところ》に飛び込んだ。

「終わるのは、お前の方だったな」

刃《やいば》に魔力を込めて硬度《こうど》を強化するとブロードソードの柄《つか》を両手で持ち、一直線にデッケンの心臓目がけて先端《せんたん》を突き出す。

金属の鎧《よろい》へするりと吸い込まれた切っ先が、デッケンの体を貫《つらぬ》いて背中から姿を現した。

「がはっ！」

苦痛の言葉が吐血《とけつ》に変わる。

アルディスが剣を引き抜くと傷口から大量の血があふれ出す。デッケンはそのまま力なく体を床に投げ出し、周辺を朱色の液体で染めながら息絶えた。

何らかの変化により生まれた隙。その隙をついて勝利を得たアルディスだったが、息をつく間もなく次なる異変に見舞《みま》われる。

異変はデッケンの体と、その手へ握られたままの大剣に起こっていた。

「魔力が、逆流してる？」

大剣に蓄積された大量の魔力が、行き場を失ったかのようにその持ち主へと逆流し始めたのだ。制御《せいぎょ》する者もいない大量の魔力は、大剣の柄を伝ってデッケンの体へと流れ、そこで対流し始める。

少量ならば自然に拡散して行くであろう。だがそれは強大な魔力であった。いくら小出しにしていたとはいえ、アルディスが放った攻撃の魔力である。砦《とりで》を半壊《はんかい》させる程度の威力《いりょく》は有しているはずだった。

（まさか……！）

その様子を目にして、アルディスの脳裏《のうり》に良からぬ予感がよぎった次の瞬間。デッケンの体を中心に、強烈《きょうれつ》な閃光《せんこう》と轟音を伴《ともな》って凄《すさ》まじい爆発が起こった。

「くっ！」

アルディスが瞬時に障壁《しょうへき》を展開する。

視界が真っ白に包まれ、障壁をわずかに貫いた衝撃《しょうげき》の余波が空気を震《ふる》わせた。

砦を構成する石材が崩《くず》れる音、突風が駆《か》け抜《ぬ》ける音、そして兵士たちの悲鳴。

閃光がおさまった時、アルディスの目に映ったのは半壊した観閲台《かんえつ》と、血に染まったガレキの山、そしてその中心にあるひと振《ふ》りの大剣だった。

すでに大剣の持ち主は影《かげ》も形も見えず、その周囲には小石ひとつ残っていない。まるで掃《は》き清められたかのような状態だ。平らだった床は半球状に削《けず》り取られ、その範囲《はんい》内にあった物はことごとく塵《ちり》となるか吹《ふ》き飛ばされたのだろう。

観閲台はもちろんのこと、砦の中庭ですら大勢の兵士が爆風によって吹き飛ばされ、ガレキの下敷《したじ》きになっていた。

「これは……」

その惨状《さんじょう》を見て一瞬顔をしかめたものの、すぐにかぶりを振って思考を切り替《か》える。

「いや、あいつらは、ネーレは無事か？」

砦自体も大きく損傷を受けている。外部から見ても、相当のダメージを受けていることは間違いなかった。このままでは崩壊《ほうかい》する危険もあるだろう。

アルディスは手近な入り口へ向けて駆け出す。混乱に陥《おちい》った領軍兵士たちの中に、それを止めようとする者はいなかった。

砦の内部に入ったアルディスは、自分の予測が間違っていなかったことを知る。すでに一部天井《てんじょう》は崩れており、かつては壁を構成していたガレキがあちこちに散乱している。

（あいつらはどこだ？）

丈夫《じょうぶ》さが取り柄《え》の砦とはいえ、こうなってしまっては決して安全とは言えない。

今なら爆発の影響《えいきょう》で領軍の兵士たちも混乱している。この混乱に乗じて双子《ふたご》を探し出し、砦を抜け出すべきだろう。

問題は双子がどこにいるかである。人間を閉じこめておきやすいのは建物の高所か地下のどちらかだ。

「上か、下か」

アルディスの魔力探知は、あくまでも魔力の強さとその魔力を発する物体のサイズが大まかにわかる程度だ。そこに人間サイズの生き物がいることはわかっても、ネーレのように個体の識別まではできない。

「多分地下だろうな……」

デッケンの双子に対する認識《にんしき》を考えれば、扱《あつか》いも自《おの》ずと知れるというものだろう。

建物の外からは領軍の兵士たちが混乱に騒然《そうぜん》としているのが伝わってくる。建物の内部にも決して少なくない兵士やその他軍関係者がいるようだが、やはりこちらも混迷《こんめい》の極《きわ》みにあり、本来であれば不審者《ふしんしゃ》として咎《とが》められるはずのアルディスを誰何《すいか》する声はなかった。

アルディスは魔力探知でネーレらしき存在を感知する。その魔力は建物の地下と思われる位置をとある場所へ向かって進んでいた。

ネーレが進む先には弱々しく見落としそうになる小さな魔力反応がふたつ。

「あれか」

地下へ続く通路を探し求め、アルディスは逸《はや》る心を抑《おさ》えながら駆けていった。

やがて装飾《そうしょく》のまったく施《ほどこ》されていない廊下《ろうか》へ至り、一本道の通路を抜けてそのまま地下へと続く階段を下りたアルディスの目に、ネーレの姿が映る。

「ここだ。我が主《あるじ》よ」

階段の先に続いていたのは薄暗《うすぐら》い陰湿《いんしつ》な印象を与《あた》える一角。おそらく地下牢《ちかろう》と思われる場所であった。しかしそこが地下牢であったというのはアルディスの推測であり、かつての姿を想像する他《ほか》に手段がないほどのひどいありさまだった。

先ほどの爆発《ばくはつ》で生じた衝撃をまともに受けたのか、それとも上から伝わってきた力が最終的に行き着いた先だからなのか、砦内部のどこよりも被害《ひがい》を受けているようだった。

壁《かべ》は崩れ、天井は割れ落ち、足の踏《ふ》み場もないほどのガレキで床《ゆか》は埋《う》まっている。

そんな場所に不似合いなほど白いローブを着た従者がしゃがみ込んでいる。その腕には
ぐったりとした様子の双子が抱《かか》えられていた。

「ふたりは?」

「無事……、とは言えぬかもしれぬが。少なくとも命は絶たれておらぬ」

少なくとも、アルディスが懸念《けねん》していた最悪の結果には至らなかったようだ。

「我《われ》がここへ来たとき、双子はあの兵士たちと共にガレキの山へ埋もれておった」

「あっちは?」

血だまりに埋もれたままの兵士たちを見て、答えのわかりきった問いを投げかける。

「息をしておらぬ」

ネーレは端的《たんてき》に答えると、推測を交えて状況を説明した。

「あの兵士たちは双子の体へ覆《おお》いかぶさっておった。双子を守ろうとしたのか、ただの偶《ぐう》
然《ぜん》なのか、それとも良からぬことを考えておったのかはわからぬ。だが結果的にあれらが
盾《たて》になったことで、双子が助かったのだろう」

「そうか」

ネーレの腕からフィリアを受け取って抱えると、アルディスはその呼吸を確認して安堵《あんど》
する。

「それと、これが――」

差し出すネーレの手に、領軍の魔術師《まじゅつし》が身につけていたのと同じ指輪がふたつ載《の》せられている。

「兵士たちのすぐそばに落ちておった」

それは身につけた者の体から魔力を強制的に奪《うば》い、デッケンの持っていた大剣《たいけん》に供給していた指輪だ。デッケンの言っていたことが本当ならば、このふたつは双子の指につけられていたはずである。

それが床に落ちていたとはどういうことだろうか。アルディスは戦っている最中に起こったデッケンの急変を思い起こす。

突然《とつぜん》苦しみ始め、大剣に自分の魔力を奪われてしまったデッケン。あれは本来指輪から供給されるはずの魔力が途絶《とだ》えたために起こったのではないだろうか。

指輪からの供給が途絶えたことで、その不足を補うために魔力を吸収する対象が持ち手へ移行。予期せぬ事態にデッケンの意識が乱れたことで大剣の制御が乱れ、それが暴走につながったのかもしれない。アルディスはそう考えた。

「いずれにしても、今さらどうでも良いことだな」

「何がかね？」

そのつぶやきをネーレが拾う。しかし問いには答えず首を振ると、アルディスが話の矛《ほこ》先《さき》を変えた。

「いや、何でもない。兵士たちも今は混乱しているが、いずれ立ち直るはずだ。その前に早くここを出よう」

「して、ここを出た後はどうするかね？　我が主よ」

「今さらトリアには戻《もど》れないだろうな……。仕方ない、街を出よう。さしあたっては領軍の追っ手がかかる前に距離《きょり》を稼《かせ》ぐ。その後はそうだな……、王都にでも行くか」

ナグラス王国の王都グランはトリアよりも大きな街だ。それだけに人口も多く、人が多くなれば情報も集まる。

かつての仲間を探して一年以上が経《た》つが、もはやトリア周辺では手がかりも期待できそうにない。そろそろ活動拠点《きょてん》を変えてもいい頃合《ころあ》いだろう。

「では参るとしよう。王都ならば、主の力を存分に振るう相手がおるやもしれぬ」

「やっぱりついてくるつもりなのか？」

当然のように同行することを選んだネーレへ、アルディスがその意を確かめる。

「愚問《ぐもん》だな、我が主よ」

つい先日、出会ったばかりの相手にそこまで付き従う理由があるのだろうか。そんな疑問を抱《いだ》くアルディスであった。

しかし守るべき存在を得た今の自分にとって、魔物を歯牙《しが》にもかけない強さの協力者は非常に心強い。

長い付き合いになるのかもしれない。愉快《ゆかい》とも悲壮《ひそう》とも判断しかねる憂《うれ》いを感じながら、アルディスはネーレへと言葉を返す。

「じゃあ勝手にしろ。行くぞ、ついて来い」

返答も待たずに、アルディスはフィリアを抱えて走り始めた。その後を追ってネーレの足音が続く。

全力で駆け抜けるアルディスに、離《はな》れることなく響《ひび》きわたる足音。そして自らの腕《うで》に包まれた幼子の温《ぬく》もり。一年以上、『白夜の明星』以外に人と関《かか》わり合うことを避《さ》けてきたアルディスが、久しぶりに得た感覚だ。

腕の中で目を閉じているフィリアがわずかに身をよじる。確かな生命の存在を感じながら、アルディスはいまだ混乱収まらぬ砦《とりで》の中を駆け抜けていった。

あとがき

正直なところ、まさか自分の書いた文章が書籍《しょせき》として世に出る日が来るとは思いもしませんでした。小学生の頃《ころ》、「将来なりたい職業」みたいな文集をクラス全員で作った時に、周りの子が【プロ野球選手】【アイドル】などと書いている中、ひとり空気を読まずに【どうせ平凡《へいぼん》なサラリーマンだと思う】などとひねくれたことを書いていた人間が、です。

最近訊《たず》ねられて困るのが「お仕事は何をされているのですか？」というありきたりな質問。サラリーマンですらない私はそのたびに「え、えーと……。色々です」「主に何を？」「主に、というのは特にないのですが○○とか○○とか……」と苦笑《くしょう》に愛想《あいそ》笑いを足したような顔で答えるのが常です。「まあ、多才でいらっしゃるんですね」とフォローしてもらえることもありますが、それはそれで若干《じゃっかん》へこみます。すみません、単にひとつの仕事だけでは食っていけないから二足三足のわらじを履《は》いているだけなんですよね、これが。

このたびありがたくも本を出すことになり、さらに新しいわらじが増えました。もうわらじを履く足の数がどうにも足りません。そのうち「お仕事は何を？」と言われた時「ラノベ作家です」と答えられるようなったらいいなとか無謀《むぼう》な妄想《もうそう》を抱《いだ》きつつも、そもそもこの本が売れなければ次があるわけもなく……。ひとえに高光晶《たかみつあきら》の未来は皆《みな》さんが本を買ってくださるかどうかにかかっています。

『哀《あわ》れなヤツだなあ』と思われた方は、ぜひ本書を手に取ってレジへ持ち込んでいただけると幸いです。

高光　晶

千《せん》剣《けん》の魔《ま》術《じゅつ》師《し》と呼《よ》ばれた剣《けん》士《し》
最《さい》強《きょう》の傭《よう》兵《へい》は禁《きん》忌《き》の双《ふた》子《ご》と過《か》去《こ》を追《お》う

著　高光《たかみつ》 晶《あきら》

角川スニーカー文庫　20672

2017年12月1日　初版発行

発行者　三坂泰二

発　行　株式会社KADOKAWA
〒102-8177 東京都千代田区富士見2-13-3
電話　0570-002-301（ナビダイヤル）

印刷所　旭印刷株式会社
製本所　株式会社ビルディング・ブックセンター

Printed in Japan　ISBN 978-4-04-106465-8　C0193

★ご意見、ご感想をお送りください★

〒102-8078 東京都千代田区富士見 1-8-19
株式会社KADOKAWA　角川スニーカー文庫編集部気付
「高光 晶」先生
「Gilse」先生